U0525801

本评论集由上海文艺评论专项基金资助出版

商务印书馆（上海）有限公司 出品
The Commercial Press (Shanghai) Co. Ltd.

响亮的张望

朝花副刊文艺评论集萃·2022

黄 玮 主编

商务印书馆
The Commercial Press

图书在版编目（CIP）数据

响亮的张望：朝花副刊文艺评论集萃：2022 / 黄玮主编. — 北京：商务印书馆，2023
ISBN 978 – 7 – 100 – 23235 – 7

Ⅰ.①响… Ⅱ.①黄… Ⅲ.①文艺评论 — 中国 — 当代 — 文集　Ⅳ.①I206.7-53

中国国家版本馆 CIP 数据核字（2023）第230664号

权利保留，侵权必究。

响亮的张望
朝花副刊文艺评论集萃·2022
黄　玮　主编

商　务　印　书　馆　出　版
（北京王府井大街36号　邮政编码 100710）
商　务　印　书　馆　发　行
上海盛通时代印刷有限公司印刷
ISBN 978 – 7 – 100 – 23235 – 7

2023年12月第1版　　开本 889×1194　1/32
2023年12月第1次印刷　印张 8¾
定价：78.00元

出版说明

评论为创作之镜鉴,为现象之诊疗,为趋势之前瞻,在中国文苑独成风景。尤其在建设国际大都市的上海,对文艺评论之倚重、扶持,对评论人才队伍的建设、充实,近年蔚成风景。作为上海市委机关报的《解放日报》,其文艺评论版自得到上海文艺评论专项基金扶持,于 2012 年 7 月 13 日在已有 60 余年历史的中国著名文艺副刊——朝花副刊创办以来,积 10 余年、500 余期耕耘积累,已成为体现上海和中国媒体文艺评论发展水平和风向的标杆性评论副刊。

朝花副刊文艺评论集萃,即从每年的文艺评论版和上观新闻 APP"朝花时文"栏目掇英撷华,精选精彩艺文评论数十篇,其写作力量涵盖全国知名评论家、学者、理论工作者及活跃的媒体评论员等。文萃对于文化发展、文艺创作、文化趋势展开前沿追踪、深度解读、思考把脉,也从阶段性评论史维度对年度文艺大类进行盘点;既有坚持直言快语、锐评风格的现象批评,更有快、热、短、准的作品快评,能够比较准确地通过评论这面镜子,反映中国影视剧、文坛、舞台、展陈、文创等领域各年度的热点内容。

相信该文萃系列评论集的出版,将成为中国文艺评论家在批评阵地耕耘成果夺目的年度呈现平台,以立场、高度、深度与活跃度,鲜明建树党报文艺评论品牌,放大与远播主流文艺评论之声,有力推动创新、创作、创制,培养和扶持优秀创作、评论人才,以大美的评论,呈现于文化繁美的大时代。

序

杨 扬

2022年是抗疫最令人难忘的一年，读《解放日报》朝花副刊上2022年发表的四十多篇评论文章，给人最强烈的印象是在这一特殊时刻，文艺评论家们依然坚守在文艺阵地，他们尽职尽能，没有消退，他们的文字起到了安定人心、提振精神、鼓舞士气的积极作用。或许在常态之下，人们不一定觉得这些评论有多么可贵，甚至一些人会认为文艺评论是小众关注的领域，发出的议论也是少数人才注意。但艰难时刻谈文论艺，对广大的文艺评论家而言，是一种考验。从"朝花"栏目所呈现的这些文章中，我看到文艺评论家们是经受住了考验。

文艺评论家们对于文艺问题的关注和认真思考的态度一如既往，对于当代文艺的重要现象的理论思考一如既往。在理论上大家比较关注的一个重要问题，是高科技对于文艺走向的影响作用。像第一组文章中收录的一些篇目，有谈高科技对于文艺创作正负两方面的影响问题，也有谈元宇宙概念影响之下的审美体验的变化和新需求问题，有论"直播"对于文艺表达和传播的影响，也有谈小剧场空间中戏剧呈现和接受关系的新探索，还有论剧本杀这种娱乐时尚的文章。这些高科技影响之下的文艺新变化，构成了中国新时代文艺问题的前沿问题，也是非常现实的当下问题。作为专业的文艺研究者，他们非常清晰地抓住时代关系中影响文艺发展的重要问题，在理论上展开论述。这种对理论思考的执着，是应该予以点赞的。与此同时，我感受到这些评论文章的兴趣和视野是宽广多样的，其丰富性和多样性与当今文艺实践的丰富多样是相辅相成、极其匹配的，如对于小说的评论，对于电影和电视剧的评论，对于话剧和传统戏曲的评论，对于舞蹈和舞剧的评论，对于绘画、雕塑艺术的评论，可以说所有当代重要的艺术门类以及跨界艺术探讨，我们的文艺评论在第一时间都以评论形式发表自己的观点和看法。这些观点、看法都是评论家们自己的思考心得，延续着多年来他们对文艺问题的关注热情和理论探索。这些评论文字，将会让很多参与文艺创作实践的作家、艺术家感觉到"吾道不孤"，大家是在一个时代的气场中共同探索、共同前行，而不是单枪匹马、孤家寡人。所以，文艺评论在营造时代的文艺氛围和精神气象上，是有积极推进作用的。

另外，这些评论有严肃的批评态度，同时也是有建设、建构性的。面对热搜、排行榜和诸多急功近利的"虚火"，有评论主张要去"虚火"，脚踏实地地开展创作，也有评论对影视剧过度推崇的所谓人气指数、所谓收视率等，予以尖锐批评，还有评论主张文艺创作要有一点严谨细致的工匠精神，要体现手工活的极致和精致，以及针对文艺评论自身问题的批评。这些向内向外不断延展的文艺评论，不仅发出了文艺评论的响亮声音，真正做到意见和建议要堂堂正正响亮地说出来，同时这些意见和建议对于真正的文艺批评与文艺创作是热情鼓励、积极探索，因此在文艺世界激起了热烈、热情回响，很多作家、艺术家和读者是欢迎这样的文艺评论的。

序

在 2023 年的春天，重新阅读到朝花副刊上的这些文章，我的心情实在难以平静，我觉得编辑和文章作者已经尽了自己的努力；作为读者，我也希望向朋友们和广大的文艺爱好者推荐这些好文章。

是为序。

2023 年 4 月于上戏仲彝楼

目录

1　不只是一阵风　　　1

艺术创作，成也技术败也技术？　/　汪涌豪　　　3

用文字"直播"时代的种种风景　/　丁晓原　　　12

在现实的大山里，看浩瀚的太空　/　王德领　　　20

让越剧更越剧　/　罗怀臻　　　28

中国故事：如何挖掘、提炼和塑造　/　金　涛　　　36

新兴文学需有对话性和行动性的评论　/　李　玮　　　44

当代小剧场戏曲创演的三重路径　/　胡晓军　　　51

中国电影民族化品格书写，越现实越温暖　/　潘　汝　　　61

国风的火，不只是一阵风　/　张富坚　　　68

元宇宙新体验　培育创新生态模式路宽且长

　/　宣学君　李　毅　　　74

中国网络剧的逻辑与创新　/　欧阳月姣　　　80

当代语境下的博物馆"中国叙事"　/　诸　诣　　　87

剧本杀电影与剧本杀的双向奔赴　/　郭　梅　　　93

2 绝妙的隐喻 101

重塑经典,可以是"有本"之"新木" / 仲呈祥 103

从《申声入耳》到声声入心 / 王小鹰 109

为"大连环画"创作指明前行的方向 / 汪涌豪 113

小说《千里江山图》,先锋的"转型" / 王纪人 121

望远镜是个绝妙隐喻 / 孙惠柱 128

刻画信仰与精神的胜利 / 龚金平 135

《狙击手》的稳准狠新,构建"微观传奇" / 程 波 140

《白蛇》:在芭蕾世界探索当代人的精神生活 / 方家骏 144

走向对中华文化之"神"的表达 / 朱恬骅 150

《橘颂》:只表达 不彰显 / 韩浩月 157

跨一步皆是创造,塑一形总是艰辛 / 沈嘉熤 162

美的凝固与流转都是城市美育功能的实现 / 吴心怡 171

《梨园》的交响化与当代性 / 彭 菲 175

有烟火气的善,是《人世间》温情的价值选择 / 李 佳 182

舞台剧《觉醒年代》:互文叙事中追问价值 / 廖夏璇 187

画面喷薄而出,超越故事的庸常 / 任 明 192

纪录片《中国》提供观照传统的另一视角 / 黄 轶 196

3 带着地心引力 203

理论要顶天,批评需落地 / 李建强 205

热搜"虚火","脱水"工程仍在路上	/ 李 愚	211
中国画发展,功夫在画外?	/ 徐建融	215
电影如何突破"视听"迷思	/ 龚金平	220
编剧"海报署名权",不是小事	/ 韩浩月	224
欣赏慢慢生长的青苔,是一种智慧	/ 程 流	227
"手作"匠人,是对文学态度的别样坚守	/ 杜 浩	230
创新不是割蕉加梅,而是与虎添翼	/ 兔 美	233
AI绘画了,艺术还能"直戳人心"吗	/ 郑秉今	239
综艺尽头,是等待真正的"大咖"	/ 周倩雯 何渊吟	245
在轻盈时,喜剧也应带着地心引力	/ 曾于里	249
经典重拍可增可减,得当与否决定观众认可度的高低 / 赵 琦		253
娱乐圈呼唤文化人,是娱乐至死的反噬	/ 从 易	257
用时代眼光,发现传统文化更多打开方式	/ 赵 畅	261

1

不只是一阵风

艺术创作，成也技术败也技术？

汪涌豪

一

无论从哪个角度看，当今世界都已经进入了艺术文化的消费时代。尤其数字艺术挟高科技带来的现场交互性与多媒介优长，为艺术创造与欣赏提供了全新的理念，开辟了无穷的空间，以致数字化创作、传播和阅读日渐成长为艺术市场的主体，且体量越来越为传统样态所无法比拟。与此同时，伴随着互联网的普及，全球范围内网民的文化消费者身份愈加凸显，借助传感器、计算机收集和处理技术，其对新媒体传播方式的依赖与信任更是达到空前的高度。

在中国，2022年发布的第49次《中国互联网络发展状况统计报告》显示，截至去年底，网民数量已达10.32亿，网络视频用户和短视频用户使用率分别提升至94.5%和90.5%。在市场的强力推动下，借助5G、AR、VR技术的数字文化产品纷纷出现，如北京冬奥会开幕式用数字光影机械装置呈现二十四节气，河南卫视用5G+AR技术将虚拟场景和现实舞台结合起来演绎《唐宫夜宴》等可称精品的节目。"爱优腾"等数字平台制作的剧集数量也呈井喷之势，且质量不断提高，如爱奇艺出品的《你好，旧时光》获第五届文荣奖网络单元最大奖项，腾讯网、芒果TV等上线综艺的档数、总期数和时长也都成倍增长。

再看其他艺术门类，"中华精品字库工程"通过数字技术让经典书法活了起来，传播和示范效应都得到空前的提升。数字音乐渐成音乐消费主流，市场占有率超过音像、音乐图书、演出与版权的总和。"演出"也不再仅有一种形式，借助动捕系统与虚拟技术，真人的"数字化身"被投射到虚拟空间，通过互动式XR，带给观众逼真的沉浸体验，其所产生的穿越时空的神奇效果，为此前任何演出所无。总之，不仅绘画、雕塑和摄影等传统艺术被数字技术、数字媒体改变了，而且互联网和软件艺术、数字装置和虚拟现实等形式都已被认定为大有前途的新的艺术实践，在市场站稳了脚跟。至于一些机构利用数字技术推出实景游戏体验、博物馆场景角色扮演等项目，所辟出的多元、动态的交互艺术空间，直接拉近了传统与当下的距离，更给人带来了别样的文化体验。

文学一块，2018年网络文学注册作者的总数已达1400万，网络已成文学作品发布和销售的重要渠道甚至主渠道，网络文学的英译数量因此同步快速增长,这为中国文化在儒家文化圈乃至整个世界范围的传播,做出了扎扎实实的贡献。有鉴于2019年起,成人数字化阅读的接触率接近八成,超过七成受访者认为数字阅读可助人提升阅读量,并认可其为自己最乐意接受的阅读方式。更有越来越多的人开始接触智能创作、人机交互、虚拟场景和沉浸体验,"数字文学"由此成为文学创作新的增长点,其所具有的非线性叙事、非稳定结构,以及读者参与性与多媒体特征,颠覆了人们对传统文学及审美的习惯认知,说文学创作的生态业已发生革命性的改变,绝非夸大之辞。

二

基于这样的形势,继2009年国务院发布《文化产业振兴规划》,将数字内容产业确定为新兴文化业态发展的重点,2017年原文化部出台《关于推动数字文化产业创新发展的指导意见》,明确数字文化产业是以文化创意内容为核心,依托数字技术进行创作、生产、传播、服务的优先发展产业。它所拥有的技术更迭快、生产数字化、传播网络化与消费个性化等特点,足以培育新供给,促进新消费,值得用心投入。衡之以前举成功范例在内的各类文化产业与数字技术最能彼此促进,相互成就,具有高度的"适配性",不能不说,它们最直接见证了技术与艺术创造—传播的嫁接，印证了克里斯蒂安妮·保罗《数字艺术：数字技术与艺术观念的探索》一书所说的，数字技术已彻底改变了当今世界人们创作和体验艺术的方式。

其实，自亚里士多德将人的制造活动分为"教化技艺"和"构造技艺"，并确信技术会使人的生活更美好，到培根认为凡困难之物都可以交由技术解决，霍布斯所谓人类最大的利益即技术，乃至19世纪形成的肯定技术普遍性的社会思潮，人们早已确立了技术进步有助于人的解放的观念，并视这种解放为一个自然的展开过程。而受惠于一个世纪以来科技的高度发展，今人自然也非常容易就认可了技术有其自然属性，本无善恶，并不会质疑上述判断的合理性，更不会认为当今世界"增长的极限"是由科技造成的，不会要求技术为从暴力犯罪到气候变迁等各种社会问题埋单。但这不等于说，作为人体器官的延伸，乃或身体能力的扩展，技术可以彻底摆落其附属的社会属性，因为它终究是按人的目的和意志活动的，并负荷了特定的价值。尤其当此数字技术造成前所未有的艺术生产与观念的变革，直接影响甚至建构了人们的日常生活和意识形态，其在赋能智能化定制和多元化自主创意、消费规模增长和文化传播扩容齐头并进的同时，也直接或间接造成了包括"虚拟消费""想象力消费""符号资本消费"等种种负面影响，人们有理由要求对其所附属的这种社会属性做新的审视。

三

基于这一认知，我们特别想指出，利用计算机图形学、光电成像技术和传感技术创造出的各种具有视听触嗅味多种感知的虚拟环境，固然可以提供给人新鲜的沉浸式的交互体验，但处在这个众声喧哗的时代，在享受技术带来的自由便捷的同时，人们是不是该正视从题材、内容到传播形态，数字技术正逼退传统介质的现实，并对由此产生的模拟先于现实、复制取代生产，最后人的内心体验与审美感知整体性地为科技环境所形塑，进而不同程度地降格为技术的附从保持必要的警惕？

看看眼下正流行的各种新艺术，无不以"黑科技"作招摇；各种网络动画与三维静帧、数字视频竞赛中，想象力萎缩，审美能力退化，获胜的全都是技术，并只是技术。可25年前，人们虽为《泰坦尼克号》的大手笔、大制作所倾倒，但仍不认为其之所以能远超此前已有35部同题材电影的票房和100多部同主题小说的影响，是全拜卡梅隆特技制作公司"数字领域"的数码图像所赐。因为当第一波震撼退去，经岁月的淘洗，人们发现最打动自己的，只是影片所揭示的爱的力量和男人的勇气。再过17年，诺兰导演的《星际穿越》场面更宏大，由高科技打造的声画特效更具震撼力，甚至颠覆了人对外太空的认知，并且这一次技术不仅作为手段——导演一再宣告"我讨厌特效"——还浸入了内容，譬如当今物理学最前沿的虫洞理论，但最后俘获人心的仍然不是技术，而是人与他所拥有的高贵的情感，是太空中父亲向女儿投去的深情一瞥。这告诉我们：技术只是技术，它能表现艺术，却不足以反思艺术；它最期待的是能在现实中找到合理的安顿，并得到充满智性、理性和感情的人驾驭。特别是继多媒体技术之后，新一代人机系统接口技术综合了计算机图形、仿真、传感和显示等多种科技，能以交互的方式虚拟三维图形环境，对场景进行仿真，从而制造出让人身临其境的逼真感。这种制造固然可以被冠上"灵境技术"的美誉，但相较于上述情感真实，它所造出的那个虚拟现实是否具有本雅明所说的"原真性"，确实经不起深问。

四

所以我们要强调，正如一切网络文学终究还是文学，一切数字艺术终究还是艺术。技术攸关情感，背后更有人文。对此没有清醒的认识，人就不可能善用技术为自己服务，其结果，必难避免精神空间被技术侵占的危机，直至马尔库塞《单向度的人》一书所说的，"大量生产和大量分配占据个人的全部身心"，本想让技术服务自己，最终却被技术反噬。尤其在当下，艺术创作领域充斥碎片化、即时化与经典化的矛盾，标准定制与个性独创的矛盾，文化教化与娱乐消费的矛盾。

文化积累何其漫长，技术更新又何其快速。这两个变量的相互颉颃中，技术理性与审美教化的对垒，无时无刻不把人挟持到选择的锋线。至于推而广之，传统与当下的矛盾，数字化世界与地域文化乃至文明的矛盾，更是全球化时代任何艺术创造都无法回避的问题。故面对数字技术对艺术生产及更为广泛的人类社会生活的影响日渐加大的现实，人更需要认真审视并张大技术的社会属性，以便其在与文化的融合中既不受制于工具和载体的身份，又能以后者为核心和灵魂。如此技与艺俱，艺与道合，才可以从根本上避免将技术绝对化、理想化的"技术乐观主义"迷失，避免一味肯定其社会价值与发展前景，简单地将技术进步视作社会发展的决定力量，乃至认为这种进步可以决定人的命运的认知错误。同时，也可以避免由于新技术革命的高度发展而一味放大技术的社会功能，陷入认为其可消除各种社会问题、带来无边幸福的"技术救世主义"的泥淖。

为此，审视和反思人类走过的产业革命和工业化的历程，体味包括法兰克福学派在内的前贤对技术决定论的批判，对人文学者和艺术工作者来说非常有必要。如上述马尔库塞对技术发展致使社会与人的单向度化，芬伯格对技术工具理论和实体理论的分疏，还有海德格尔对技术是一种展现的方式，本质上都属于真理领域的定义，不但没有过时，且至今仍有针对性。马尔库塞的理论如今已广为人知，海德格尔关于技术以获取最大收益为目标，人如滥用之，仅仅满足于"纯粹的技术"而不理解"技术的本质",就只能沦为技术奴隶的论述,也经常为人所引用。

这里要特别一说的是芬伯格的观点,他从技术与社会的相互关系入手,特别指出技术具有多元性,既非"中性的工具",也非"自主的力量",而是和其他制度一样具有社会属性,至于具体的技术产品,不过是某种社会共识的"物质化"而已。那种认为技术中性到没有价值负载,效率是现代技术的最高准则的想法,是典型的技术工具主义。他进而还以技术是手段与结果结合在一起影响人生活的事实,告诫人它终将构成一个能把所有自然现实与社会现实重组在一起的新体系,这一体系为获得自主化发展,会努力控制所有,并扫除一切传统关系。所以在《质疑技术:技术、哲学、政治》一文中,他称"技术不仅仅是一种工具,它形成了一种普遍控制的文化。没有什么能逃脱它,甚至它的制造者也不能逃脱"。全球范围内,技术本身被日益目的化,现代技术更因此日渐成为一个具有压迫性的文化系统,影响各种形式的文化生活。从表面上看它的存在增加了人的选择自由,其实很多时候它可能造成人的生活世界与精神世界的分裂,甚至把人变成技术的工具。他的观点值得倾听。

说到底,任何技术都不应该代替人的思考,技术最终须服从于人的控制、有利于人的艺术创造。消费时代,声色大开,让人开怀或张口结舌何其容易,但让人动心并目迷神摇则何其困难。是一味沉浸于"叙事革命"和"语言实验",贪馋重口味，炫耀小清新，以致场景立体、人物扁平，还是怀揣诚意，遵从生活，求高纬度的灵魂震颤，采接地气的技术支持，需要每一个艺术创造者和从业者仔细斟酌。艺术创作是为了让这些缤纷的光照见人自身的困境和内心的梦境。你永远不能忘记这个目的。而对于这样的目的，技术在很多时候恰恰是无能为力的。当然，面对人们欣赏趣味的改变，如何使真的创作战胜大的制作，创造主体有时也会倍感无助、无所适从。但正如米勒在《全球化时代文学研究还会继续存在吗？》中所说，"文学从来不是正当时"，艺术从来不是受特别祝福的幸运儿，它总面临着挑战，并在挑战中艰难成长。

今天，正是它怀揣着理想，直面技术的时候！

用文字"直播"时代的种种风景
——2021年报告文学的阅读笔记

丁晓原

报告文学与非虚构的纠缠与分裂,使得读者深感困惑。在我看来,无论称"报告文学"还是名"非虚构",其关键在于作品的生成必须坚守此类写作的基本伦理规范,客观真实、富有意味地呈现出书写对象存在的社会价值、历史价值和人性价值。

2021年的报告文学创作,给读者以漫步春山秋园满目花开果硕的感觉。在如山海星辰般广博的书写时空中,跃动的作者自得其所、各擅其长,他们的激扬文字将本年度的报告文学界域演绎得颇有一些色彩斑斓。其中,一些作品具有某种"年份"的特质,或为历史编年的第一手档案,更多的作品则是以现在进行时的方式,"直播"这个时代的种种风景。至于说,在山海星辰间诗意地穿行,在一些优秀作家的作品中已然可见,但就报告文学创作的整体而言,这还只是一种期待。

"有我"的历史非虚构

一代有一代的文学，一年也有一年的殊异。

2021年报告文学的"年份"作品，自然与本年度独特的主题文学创作紧密关联。恰逢中国共产党建党百年，与此相关的党史、革命史主题写作成为本年度一大灿然醒目的热点。其中，海江和凌翼的《孕育》，聚焦北大红楼，再现李大钊、陈独秀等传播马克思主义新思想，从多个方面"孕育"党的诞生的历史场景。何建明的《雨花台》，以众多雨花英烈忠于人民、忠于党的人生故事的讲述，讴歌一代共产党人崇高的牺牲精神。高建国的《死生契阔英雄山》叙写魂归英雄山的山东早期党的领导人王尽美、邓恩铭、刘谦初等英烈的事迹，篇短意丰情长。另有谢友义的《赤魂·赤土·赤旗》，刻画"广东海陆丰农民运动群雕"，袁杰伟的《蜕变》记述中共第一个工人党员李中的人生行路，唐明华的《乳娘》、铁流的《靠山》、铁流与赵方新合作的《烈火芳菲》等，挖掘"乳娘"等感人的大爱故事，呈现党以初心信仰赢得人民、人民永远是党的靠山的历史逻辑。"为有牺牲多壮志，敢教日月换新天。"丁晓平的《人民的胜利》通过书写人民解放战争和筹备开国的历史，告诉我们"新中国是这样诞生的"。这类规模化的非虚构主题写作，是对红色叙事的直接丰富，也是以文学的方式所进行的有效传播。

报告文学是时代文学，而与时代深有联动的历史存在也是这一文体书写的重要题材。历史非虚构写作能否获得成功，很大程度取决于作品是否"有我"，即这类写作是否达成历史存在的客观性与历史叙事的主体性之间的有机融合。这里的"有我"或主体性介入，主要是指作者对历史主题写作能够寻得自适的具体的写作主题，对书写对象具有某种发掘、发现和研究的能力，以及文本组织中非虚构叙事艺术的建构等。

基于此种理解，2021年度徐剑和丁晓平的党史主题报告文学是值得关注的作品。徐剑的《天晓——1921》，以对建党元年大历史的钩沉探微和一大代表人生命运的叙写，存真了中国共产党人开新致远的初心使命，谱写出一曲崇高壮美的信仰之歌。作品没有过多地沉潜于具体的建党历史的铺展，而是围绕一大代表在时代大历史中个人命运的流转归宿，生动地诠释了"不忘初心，方得始终"的真谛，书写中流淌着历史诗性。丁晓平的《红船启航》回溯一大前后的历史现场，报告当代红船精神的凝聚和弘扬，将伟大的建党精神与红船精神贯通于一体。作者不做历史资料的搬运工，而是直接触摸历史档案，通过田野调查走近历史现场，使得作品的叙事显得真实又厚重。

生态文学的新色彩

2021年10月，一场以"新时代生态文学观与生态报告文学创作"为主题的2021全国生态报告文学理论研讨会，在江苏盐城东台黄海森林公园举行。会议召开处即是对生态主题的美好诠释——在盐碱滩涂上建成的近七万亩绿园，不正是人间创造的生态奇迹？徜徉其间，天光海韵与绿世界，大自然的诗意扑面而来。徐向林的《黄海森林》记述了黄海林工50年接续奋斗大规模植树造林的故事，彩绘出海、滩、鸟、林、河一体宛如童话的海上森林美景。研讨会期间，联合国《生物多样性公约》第十五次缔约方大会生态文明论坛在昆明召开，盐城入选国家生态文明建设示范区名单。这是巧遇，却也表明生态报告文学创作进入了新时代。在这样的语境中，作家生态创作的动能得到了激发，作品具有了新的色彩和意境。

2021年生态报告文学的写作相当活跃，作品的构架或着眼于生态文明建设某方面的宏观全景，或凝聚在某一自然物事的探索和发现，主题取向上由生态问题的揭露转向对生态建设成就的报告，由对自然的漠视转向对自然的敬畏，反映出作家新的生态文明观。薛亦然的《满城活水》写的是"我的天堂我的水"。水之于苏州是它的建构命脉，是它的气质精神，是它的形象代言。在过往与现实的流程中，作者钩沉苏州水的历史，讲述苏州人与水的故事。"满城活水"是现代苏州人创造的古城美丽水生态的实景。余艳的《春天的芭蕾》和连忠诚的《大别山：一家人的朱鹮保卫战》都叙写了人与国家一级保护动物之间的故事。"春天的芭蕾"是那美丽而有灵性的动物，余艳写得唯美而动人。曾经的"老枪杆"被一只鹤求救的眼神软化,救下它替它疗伤,白鹤知恩图报,"老枪杆"则"用一辈子护鸟,偿还自己曾欠下的血债"。连忠诚笔下的"鸟人"黄治学为拯救濒危的朱鹮,携妻带女,离开安居之所,来到大别山与鸟为伴。这两篇作品从微观视角通过典型个案的细写,呈现人们生态意识的觉醒和自觉。李青松的生态报告文学作品集《相信自然》,内中有《大马哈鱼》《鲢鱼圈》《乌贼》《水杉王》等近30个单篇。由这些篇名可知作者专注于生物世界的具体存在,探索它们的奥秘,发现万物本有的法则,人类或许可从中获取某种"仿生哲学"。

2021年,中国正式设立第一批国家公园。古岳的《源启中国——三江源国家公园诞生记》和任林举的《虎啸——野生东北虎追踪与探秘》适时推出。青海作家古岳得地理之便和已有生态写作的积累,新作开阔大气,为读者真切灵动地描绘出三江源特有的动物世界、植物分布和水生态系统,以及与国家公园心灵守望的建设者、维护者。吉林作家任林举随山林调查小组,深入东北虎豹活动的腹地。作品以山林调查为结构主线,穿插有关虎的生物史、文化史叙述,而其最具价值的部分则为读者展示了一个虎豹熊猪鹿鼠狍等"各从其类"的"山野江湖",生动地演示了地球生命共同体的"自然之道""和谐之道"。

人物的回归

美国著名的非虚构作家和研究者杰克·哈特有言："叙事需要三大支柱：人物、动作和场景。排在第一位的是人物……"作为非虚构叙事性写作方式，人物是报告文学文本建构的基本要素。2021年，以人物为书写题材的作品占比较高，人物在报告文学写作的回归，成为一个显著而重要的特点。

高保国的《人民英模张思德》、徐剑和一半的《杨靖宇：白山忠魂》，是对两个著名历史人物的深化叙事。现实生活中的人物报告文学数量甚多，广及诸多领域。何向阳的《守卫国门的人》是关于全国移民管理机构首届"十大国门卫士"何守卫事迹的纪实，欧阳伟的《脊梁》主人公是全国模范法官周春梅，孙侃、邹跃华的《改革先锋谢高华：一个勇于担当的共产党人》再现了共产党人谢高华敢于改革创新的勇气和担当，张茂龙的《永远的初心》通过呈现基层干部郭克生的人生足迹和心路写真，深刻地回答了"一个共产党人的灵魂能走多远"的严肃之问，杨黎光的《脚印——人民英雄麦贤得》追寻了一位人民英雄的人生轨迹和精神史迹，黄传会的《仰望星空——共和国功勋孙家栋》是一部书写孙家栋事业和精神的纪传之作。青年作家曾散的长篇报告文学《青春逆行者》中，主人公则是"青春"的群体，他们在抗疫一线逆行，冲锋在前、勇于担当，灿烂的青春在奋斗与奉献中熠熠生辉。

人物报告文学有效写作的前提之一，是所写人物具有独特的事迹和崇高感人的精神品质。孙春龙的《格桑花开》中的魏巍，人生刚开花朵却罹患肾衰竭症，他"把自己生命的最后20年献给了希望工程"。木祥的《张桂梅，用生命点燃希望之光》写的是感动中国年度人物张桂梅，她以母爱之心自办女子高中，将成千贫困女孩送出大山圆梦人生。陈果的《在那高山顶上》写的是"最美奋斗者"李桂林、陆建芬夫妇开办"夫妻学校"，以智力开发助力大凉山的脱贫。本年度有两部作品写得尤为富有特质，体现出非虚构叙事强烈的审美感染力。彭东明的《一生的长征》讲述的是参加过长征的老革命喻杰离休返乡后的人生故事，"不仅早年参加了两万五千里长征，而且一生都在长征路上艰苦奋斗，负重前行"。紫金的《大地如歌》的主人公是一位社区民警。这两篇作品中的人物没有更多的新闻性，作者致力于从他们人生的日常故事中凸显其伟大的党性和人性，写实写活了人物的精神形象。

大时代中的"小"叙事

这是一个大时代。2021年度报告文学的宏大叙事接续了此前的脱贫攻坚书写和抗疫故事的讲述。王宏甲的《走向乡村振兴》、李春雷的《铭记——我的小康志》、陈涛的《在群山之间》、潘灵和段爱松的《独龙江春风》、李朝全的《武汉保卫战》、韩生学的《生命大决战》等，是其中各有质料、别具意义的作品。而陈启文的《中国饭碗》更值得一读，"这部以'中国饭碗'为主题的长篇报告文学，追溯了新中国成立70多年来的粮食之路，并将重点放在改革开放以来的40年"，书写了当代中国的另一种粮食史。

报告文学是人民文学。我更留意于大时代中"小"叙事的作品。"小"叙事也大，它关联着更多人的生活，流溢的是人间的烟火味。这些作品或许具有某种特定时代社会生活史、风俗史的价值。2021年，我国首部民法典正式施行。李燕燕的《我的声音，唤你回头》，以典型个案的访谈和调查，叙说"与民法典关联的女性权益故事"，这些故事涉及名誉人格、婚姻财产、赡养抚养等。这是一次有意义的报告文学普法行动。中国快递进入了"千亿件时代"，从业人员有千万。杨丽萍的《舌尖下的中国外卖小哥》为读者打开了解"外卖小哥"生活状态的一扇视窗。单腿外卖小哥靠自己的辛劳，支撑起自己人生的天空，赢得了"没有残缺的尊严"。带着孩子送外卖的父亲与女儿的特写，让我们心酸而又肃然起敬。这样的作品，为我们实录了一代普通人的高尚，留存了现实另一种多味而有暖意的真实。

一年风景眼前过，文随时代向未来。

在现实的大山里，看浩瀚的太空
——谈小说创作的现实性表达

王德领

"文变染乎世情"，在新冠疫情面前，文学书写的内容也不可避免地发生了变化。

2021年，虽然直接写有关新冠疫情的小说并不多，但疫情作为一种潜叙事，已经深刻地嵌入小说叙事中了。这主要体现在一些中短篇小说中。长篇小说因为叙事跨度长，对当下的反映并不迅捷，而中短篇小说则能够精准地把握住现实的脉搏。林森在中篇小说《唯水年轻》的创作谈中说："眼下的书写，我们已经很难想象疫情前的世界了。"林森是在海南长大的作家，他的许多作品里有浓郁的"海腥味"，"海里"与"岸上"构成了他创作的基调。他的这部最新的中篇小说也是写人与海的关系的。动笔前，还没有发生疫情，写到结束时已经在疫情中了。小说结尾，"疫情"强势介入了小说，"我"精心拍摄的海南岛家乡水下"龙宫"摄影展被迫取消，"龙宫"旅游开发计划也搁浅了。

邓一光的短篇小说《带你们去看灯光秀》是以疫情为背景书写深圳的生活。一对无话不谈的大学时代的闺蜜，毕业后分别在深圳和洛阳打拼。在洛阳的文小青的女儿在新加坡读书，为了第一时间见到回国的女儿，陪女儿隔离，她计划在深圳口岸附近买房子。这对大学时代的好友，各自的生活轨道不同，对生活的挣扎却是相同的。而深圳与洛阳，两个不在一个重量级的城市，也深度参与了两个闺蜜的对话……疫情之下，她们生活的轨道不知不觉改变了。

一

在长篇小说创作方面，2021年无疑也是一个丰收年，问世的长篇小说在数量与质量上均超过了前一年。

在持续的疫情下，活动交往减少，反而有利于作家沉潜下来，进行长篇创作。就我的阅读所及，这一年的优秀长篇小说主要有余华的《文城》、林白的《北流》、刘震云的《一日三秋》、东西的《回响》、陈彦的《喜剧》、罗伟章的《谁在敲门》、鲁敏的《金色河流》、张柠的《春山谣》、黎紫书的《流俗地》、范稳的《太阳转身》、王方晨的《花局》等。

新时代以来，现实的分量在长篇小说中变得愈来愈重。如何在现实之重与文学之轻间找到平衡，最能考验一个作家的才华和艺术控制力。过分黏滞于现实，则容易变成非虚构作品的翻版,这正是近年来长篇小说写作的一个通病。作家太想拥抱这个伟大的时代了,却往往迷失在现实大山的皱褶里,看不到浩瀚的太空。如何在深化现实的同时提升小说的质量?优秀的作家能够超越现实的羁绊,为作品构筑一个阔大的精神屋宇,当然,每个作家处理现实的方式是不同的。

从这个角度来说,刘震云的《一日三秋》处理现实的方式值得重视。小说的开头是叙述现实中的"我"和六叔的交往细节,这是现在进行时。六叔的后现代风格的画作,成为"我"写作小说的素材乃至行文方式。人与鬼、历史与现实交织,网络小说里的穿越、重生在文本中频频出现。作家"力图把画中出现的后现代、变形、夸张、穿越生死、神神鬼鬼和日常生活的描摹协调好"。小说这样写花二娘对心上人的"千年等一回":"花二娘在渡口站累了,也坐在河边洗脚,边洗边说,水呀,还是你们讲信用,说来,每天就准时来了。水说,二娘,你昨天见到的不是我们,我们也是今天刚到这儿。花二娘叹息,好在河没变,不然我就没地方去了。水说,二娘,水不同,河也就不同了。天上飞过一行大雁,花二娘说,大雁呀,还是你们守时呀,去年走了,今年准时回来了。大雁说,二娘,我们不是去年那拨,去年那拨早死在南方了。大约等到宋朝徽宗年间,几只仙鹤飞过,又有几只锦鸡飞过,花二娘明白等人等成了笑话,这天夜里,突然变成了一座山。这山便叫望郎山。"在这里,人与物、现世与往生、人间与冥府、历史与现实、梦境与实景,全都交织在一起,众声喧哗,相互缠绕形成一个狂欢化的话语世界。而这些,都由刘震云式的幽默语言漫不经心地叙述出来,现实膨胀变形,成了一个超文本。《一日三秋》行文的戏谑与游戏,在当下的小说写作中堪称"独步"。

余华的《文城》是2021年度最为优秀的长篇小说之一。余华的代表作《活着》发表于1992年,时隔近30年,他终于回到了写作《活着》时的巅峰状态。请看《文城》开篇里的这段叙述:"这个背井离乡的北方人来自千里之外的黄河北边,那里的土地上种植着大片的高粱、玉米和麦子。冬天的时候黄色的泥土一望无际。他的童年和少年是从茂盛的青纱帐里奔跑出来的,他成长的天空里布满了高粱叶子;当他坐到煤油灯前,手指拨弄算盘,计算起一年收成的时候,他已经长大成人。"叙述如此干净、利落、细腻、锋利,时间与空间都很辽阔,节奏感十足,且具穿透力。

《文城》虽然写的是19世纪末20世纪初的生活,但所涉及的人性与人情是指向今天的。有道是一切历史都是当代史。寻找文城,是小说人物林祥福一生追寻的目标。而文城是一个乌托邦,他穷其一生却永远无法抵达。这个名叫林祥福的父亲,带着与小美生下的女儿,变卖家产,从北方到南方,寻找离家出走的小美,寻找那个虚幻的文城。这个肩荷着伟大、疲倦的执拗的父亲,多么像《活着》中的富贵、《许三观卖血记》中的许三观。等到他到达了溪镇,那个酷似文城的地方,小美却在溪镇的雪灾中冻死了。以往的作品中余华更擅长写男性,对女性的描写较为单薄。到了《文城》这里,小美这个女性却复杂多面,柔软又坚硬,驯良却叛逆。而流贯于小说始终的"信"与"义"的主题,使得小说具有了鲜明的中国传统文化色彩,这也是这部作品受到当代人好评的原因。任何时候,这种来自历史深处的对于美好的道德、人性的坚守,都具有直指人心的伟力。对于余华来说,《文城》是一次成功的写作,他突破了以往局限于南方小镇的叙述模式,叙述空间从北方向南方,在中国的辽阔版图上游走,走向更为阔大的地理空间。

林白的《北流》也是该年度长篇小说的重要收获。2012年,林白的《北去来辞》在将现实复杂化、超越个人化写作方面做出了可贵的努力。《北去来辞》的视角在北京与湖北农村两地来回切换,缠绕着城与乡的冲突及和解。打一个比方,《北去来辞》是蜕了一半旧壳的蝉,而《北流》彻底摆脱了旧壳,振翅一鸣冲天而去。当然,作为诗人的林白,自然与其他作家书写外部世界的方式不同。在《北流》里,她将诗歌和方言深深嵌入文本,以颇具个人化的方式书写宏大叙事。小说以一首长诗《植物志》开篇,正文部分采用了后现代式的麻花结构,分别由注卷、疏卷、时笺、异辞等组成,还嵌入了"李跃豆词典""西域语大词典"的条目。这些碎片化的结构,使得文本变得丰富、多解,颠覆了作者一贯采用的线性叙述模式。而北流方言的引入,使得整部小说洋溢着一种不被标准的汉语所规约的桀骜不驯的气度。维特根斯坦曾说："想象一种语言就意味着想象一种生活方式。"北流方言无疑是对一种带有异质性的生活方式的隐喻。林白表面上写的是北流小世界，内里却是在揭示大世界的丰富与驳杂，这种对世界复杂性的深度解读、对世界暧昧多义的多元认知，击穿了我们所习以为常的现实表象，指向更为丰富复杂的所在。批评家陈福民认为，作者"给我们奉献了一个带有原始性的，同时带有暧昧性、驳杂性，与这个世界进行对话又分裂的丰富的世界文本"。

二

中短篇小说方面，2021年优秀的作品主要有铁凝的《信使》、徐则臣的《船越走越慢》、宁肯的《黑梦》、王方晨的《凤栖梧》、钟求是的《地上的天空》、林森的《唯水年轻》、弋舟的《化学》、付秀莹的《地铁上》等。短篇小说是限制的艺术，如何在万把字的篇幅里，浓缩地书写人生际遇，深入揭示人生与命运的走向，非常考验一个作家的写作功力。

铁凝的《信使》借陆婧和李花开这对闺蜜的故事，讲述了如何信守诚信这个古老而又常新的话题。作家紧紧围绕诚信二字叙事写人，对"告密"这一行为的不齿流露在文字间。这篇小说写得非常精致，全文没有闲笔。譬如，小说开头写春天盛放的丁香花、樱花、榆叶梅，赞叹丁香花的香气"呛人"，寥寥数语写春天的花事，实则暗喻李花开的坚守信义之高洁。徐则臣的《船越走越慢》写得客观、冷静、节制，是其"鹤顶侦探"系列之三。如何把短篇小说写得扣人心弦，始终是一个具有难度的话题。《船越走越慢》采用的是侦探小说的叙述方式，故事情节扣人心弦。小说围绕小鬼汊芦苇荡抓赌的故事展开，破案本身确实充满了惊险刺激，但作家借此指向的是世道人心，这是超越一般侦探小说的地方，显示了徐则臣出色的文本控制能力。

在当代文坛，宁肯是一个颇具思考能力的作家。他的生命深处有一种强悍、蓬勃的野性，这使他的创作始终有一种锐利的锋芒，冲决各种羁绊，抵达历史与生活的纵深处。评论家孟繁华认为，宁肯的小说具有"文化政治的鲜明色彩"，这是一个在文化中心、政治中心长大的作家最为鲜明的标识。近一两年，宁肯在《收获》杂志上发表了题为"北京：城与年"的系列小说，小说写的是20世纪六七十年代的北京。宁肯用系列小说的形式，写了那个贫乏年代人性的荒寒，写了那个时代物质与精神的双重贫困，特别是写到了人们对书籍朝圣般的渴望，成为一个时代的隐喻。

王方晨的短篇新作《凤栖梧》延续了其《老实街》对人性与道德问题的追问。这一类小说深深浸润了儒家文化，小说的人物往往秉持含蓄、隐忍、内敛、不事张扬的做人原则，包裹着传统的重重盔甲，把真实的内心隐藏起来。儒家文化是生长于孔孟之乡的王方晨小说的文化胎记，他的《老实街》等作品的字里行间散发出我们熟悉的文明气息。《凤栖梧》中的苗凤三是武林高手,却甘心在老实街上做一个馒头店的老板,任凭别人千般撩拨,始终"不出手",这种气定神闲、深藏不露、与世无争的生存哲学,自有一种历史的风骨在里面。"老实街"系列小说道德感很强,不是那种挂在口头上的道德,而是深深隐藏在每个个体身上、举手投足间流露出的,如太极一般阴柔、变化不定、只能意会而难以言传的传统仁义道德。这类小说,让我们感到传统文化在现代社会依然具有巨大的力量。

付秀莹的《地铁上》写的是在北京工作的老同学梧桐和张强在地铁上邂逅的故事。在拥挤的5号线地铁上,随着地铁的晃动,他们的对话也变得飘忽不定,对往昔的回忆,对现实的吐槽,对各自情感生活的揶揄,在一站又一站地铁的停停开开间断续展开。特别是小说结尾,张强虚构了自己的人生,更显得意味深长。张强的虚构是有着重要的现实需求的。因为现实太缺乏传奇了,上班下班柴米油盐的围城生活,单调、疲惫而平庸的人生,仿佛没有终点。小说显示了作家在封闭的空间里书写生活的复杂与广阔的出色能力。

总之,2021年的小说创作,在艺术上更为沉潜内在,在深化现实方面走得更远。作家对现实的多方位观察,对历史与现实关系的处理,尤其是对现实的复杂性与多样性的认识,使得当下的小说在反映现实的广度与深度上都有了可喜的突破,出现了一批难得的精品佳作。

让越剧更越剧
——纪念越剧改革 80 周年

罗怀臻

一

从20世纪20年代初到1942年的20余年间,可以看作越剧的第一次觉醒。这第一次觉醒主要表现在两方面:第一,"剧场意识"的觉醒。从乡村到城市,从广场到剧场,从戏台到舞台,越剧从唱戏时代进入了演戏时代。女子越剧自诞生那天起,就是中国的剧场艺术,因为是剧场艺术,所以才需要配备编导机制。编导机制的介入,助推了剧场艺术的发展。时代性和艺术性,以及舞台艺术的综合性,因此才真正确立。第二,"性别意识"的觉醒。越剧在上海命名之初指的是女子越剧而不是男班或男女合演,这是中国戏曲有史以来第一次以全女班命名的剧种,标志着女性意识在当时的觉醒。强调越剧的女性性别,并不仅仅出于商业性的号召,而是包含着女性的独立意识与自主自立和自尊自强的观念,包含着那个时代背景下的文化环境与文明风尚。而这种性别意识，更是走在了古老戏曲剧种与各新兴地方戏曲的前头。

此后很长一段时间里，越剧都是中国新戏曲的舞台艺术风向标，影响着中国地方戏曲甚至整个中国戏曲的审美风尚。在越剧，主要是上海越剧的引领下，全国各个地方戏曲剧种都开始建立起编导机制，与此同时，戏曲也开始强调女性的平等意识。对一个时期的戏曲艺术转型，上海越剧起到了推动的作用。这是越剧发展的第一个高潮，也可以说是第一次浪潮，它的标志就是赢得了那个时期的年轻人。但为什么今天的年轻戏曲观众会首选昆曲等古老剧种而后选择越剧等新兴剧种？这说明越剧与这个时代的审美心理已经产生了距离。

第二次越剧觉醒的中心在浙江，标志是20世纪90年代初浙江省小百花越剧团创作的那几出新戏。

20世纪80年代后期，上海越剧院，特别是在吕瑞英老师任院长的那几年，为中国越剧在新时期的转型发展做了多方面的探索努力，希望通过这一轮的创新发展带动越剧走入现代剧场、现代观众和现代市场。如在表演方法上、在戏剧观念上引进了许多现代戏剧的思想，同时面对市场的式微与经费的拮据，拓展新的艺术疆界和新的经营理念，非常之早也非常之自觉地试图从计划经济的困境中突围出来。如与上海梅龙镇餐饮企业合作开办"越友酒家"；如将上海越剧院徐玉兰、王文娟领衔的一团更名为"红楼剧团",与泰国正大集团文企联手,共同开拓越剧的海内外演出市场;如将吕瑞英和优秀男演员赵志刚、史济华等领衔的男女合演三团与上海露露化妆品厂合作冠名;再如聘请著名导演胡伟民担任男女合演团的艺术指导,同时面向全国发现并引进30岁年龄段的青年编剧、导演、作曲等创作人才,我也是因此从江苏淮阴调入上海越剧院的。

吕瑞英是袁雪芬的学生,不仅在艺术上师承袁雪芬的"袁派",并且在"袁派"基础上发展成为具有自身表演艺术特点的新的越剧流派"吕派"。吕瑞英还是在精神气质上最像袁雪芬并最具有改革意识的越剧领军人物。因此,20世纪80年代中后期,上海越剧院便在她的带领下,开始了即便放在今天仍属于先知先觉、先锋先行的一系列改革举措。

与此同时,浙江越剧乘势而起,以浙江小百花越剧团的青春之美、江南之美和契合新的剧场艺术的现代之美,一举完成了中国越剧艺术的升级换代。我以为这就是越剧的第二次觉醒,也是越剧的第二次浪潮。从此,以茅威涛为代表和以浙江省小百花越剧团舞台艺术风格为风尚的一个新的越剧时代就此到来。

二

在我1986年加盟上海越剧院后的那几年里,袁雪芬老院长数次约我谈话,每次都是语重心长地向我强调要坚守上海越剧院的现实主义传统。我由衷地尊敬袁雪芬老院长,也由衷地表达了对她所说的越剧现实主义传统的疑惑。我心想,越剧现在应该面对的是现代意识的更新。

1992年,袁雪芬在汾阳路上海越剧院旧址主持了纪念越剧改革50周年的研讨会,会上安排了我发言,会后我在上海《文汇报》发表了题为《呼唤越剧精神的回归》的文章,我在文章里说上海越剧淡薄了四个意识——"改革意识""创新意识""团结意识"和"与新文化人结合的意识"。

今天回忆当年与袁雪芬的分歧,我觉得坚持上海越剧院曾经实践的现实主义越剧创作传统,与实现现代意识在新时期的艺术转化,其实两者是可以并行不悖的。没有曾经的越剧"现实主义创作",不会诞生上海越剧院《梁祝》《红楼梦》《西厢记》《祥林嫂》四部经典名剧。但是,仅靠传承传统,仅靠传播传统,仅靠传扬传统,上海越剧也可能逐步与时代脱节。就其积累而言,上海越剧院还不是欧洲的著名大歌剧院,还没有仅靠储备的经典家底就足以以不变应万变的实力。当然,如果连传承、传播、传扬这些传统经典的能力都没有,或者失去了再造这些传统风格新剧目的能力,那么也极有可能既没有开创新局面,也丢失了根本。

假如时光倒流,我想我会更多一些与前辈艺术家的共识,也会努力寻找彼此观念的平衡点。

三

浙江越剧的应运而生，发展了第一次越剧觉醒的理念。即一方面重新理解"剧场艺术"，拓展"剧场艺术"的综合表现外延，再一次向古老剧种——昆剧和向当代艺术——现代话剧学习，使传统更传统，使现代更现代。另一方面重新唤醒"性别意识"，而此时的女性意识已经上升到个性意识——个性化的追求与个性化的表达。遍布浙江省境内的小百花青年演员，正是"三花一娟"和"越剧十姐妹"当年改革越剧的年岁，与当年越剧赢得青年观众一样，新生代越剧演员也赢得了20世纪90年代的青年观众，越剧因此而再度焕发青春。

浙江越剧"重返青春"的小百花青年演员选拔机制和人才成果也惠及上海，上海越剧院现在的五位中国戏剧"梅花奖"演员钱惠丽、单仰萍、章瑞虹、方亚芬、王志萍，都是从浙江引进的"小百花"会演的优胜者。所以说，因为以浙江省小百花越剧团为代表的主要发生于20世纪90年代初的"剧场艺术"与"性别意识"的二次觉醒，越剧又一次影响到了中国戏曲的审美走向。这一次，虽不及第一次越剧改革对中国戏剧的整体性影响深刻和深远，但对全国的越剧发展产生了推动作用，至少在20世纪90年代的10年间，越剧还是中国地方戏曲中受到广泛关注和效仿的剧种。

越剧进入21世纪以来，尽管几家国有越剧院团都在不遗余力地寻求创新突破，但是始终都没有找准方向，或者说始终没有出现新的标杆，也没有再出现继袁雪芬、茅威涛之后可以代表一个剧种并且影响到剧种发展的领军人物，困顿徘徊，直至纪念越剧改革80周年的2022年。

今天，我们放眼越剧，好像在舞台艺术、地方戏曲的大版图上，越剧的色彩越来越不那么鲜艳夺目，甚至还有点暗淡，暗淡到几乎看不到与其他兄弟姐妹剧种之间还有什么色彩差别和个性特点。

在争奇斗艳的戏曲大观园里，越剧暗淡的究竟是什么？我想还是两个方面——"剧场意识"与"性别意识"，首先就是"性别意识"。

四

从20世纪50年代上海越剧院的黄金时代开始，越剧就强调要发展"男女合演"。其实，"男女合演"与"女子越剧"是同一种方言曲调的共存关系，而不是女子越剧表演风格的性别延伸。从绍兴方言与民间曲调发展而成的越剧，声腔宾白并不受性别制约，可以男演，可以女演，可以男女合演，但是唯有女子越剧才是她的特色与魅力之所在。全世界，全女班的舞台艺术品种最著名的就是中国的越剧与日本的宝冢。在越剧发展历史上，男女合演本就存在，用不着再从女子越剧的声腔身段出发，进行一番倒流回流、分支分野。相反，女子越剧的发展，近些年来已有逐渐男性化的趋势——男性化的题材，男性化的表演，男性化的审美，甚至男性化的战争场面和与之相匹配的男性化的武戏打斗。凡是女子越剧不擅长的硬着头皮要去演，凡是女子越剧所擅长的恰恰不愿意去演。而今走进越剧剧场欣赏越剧的，已经越来越少是因为越剧演员的性别特点。事实上，性别意识以及由此引发的爱情观念、家庭观念、生育观念等，正是现代文明社会所面对的时代话题，也是女子越剧所擅长表现的精神与情感的无垠疆域。

越剧的第一次觉醒建立了剧场艺术的综合性审美，越剧的第二次觉醒拓展了镜框式舞台综合艺术的表现功能，越剧的第三次觉醒应该进入到新的演艺时代。中国戏曲从"唱戏时代"到"演戏时代"再到"演艺时代"，就是从田头街头、草台庙台到镜框式舞台的现代剧场，又从镜框式舞台的现代剧场里挣脱出来，走向更加多元的演艺空间，如大剧院、小剧场、沉浸式、体验式以及回归原生态的厅堂、园林、庭院。10年前、20年前戏曲剧团晋京演出，能够进入梅兰芳大剧院、长安大戏院那是何等荣光，而今天则希望进入国家大剧院、保利剧院和新建的天桥剧场。戏曲演出对演出空间要求的演变，也折射出戏曲表演艺术的自身发展。为此，期待越剧再一次唤醒自己的"剧场意识"，再一次唤醒自己的"性别意识"。

或许，在2022年越剧改革80周年的时间节点上，期待越剧新的觉醒恰恰是一种回归的选择。回归我们曾经建立的剧场意识，拓展剧场意识在今天的新的空间意涵；回归我们曾经建立的性别意识，面对新的人际关系与伦理观念，发现我们对于人类性别情感的新的诠释。

越剧不在乎别人能做什么，我们也能做什么；越剧在乎我们能做什么，别人做不了我们能做的什么。让越剧更越剧，这是我的期待。

中国故事：如何挖掘、提炼和塑造
——谈国庆档电影的"真实美学"

金 涛

国庆，对中国电影导演而言，从来都不是单纯的商业档期。这是一个致敬时刻，承载着国家记忆和民族情感；这是一道命题作文，表达着中国故事和英雄主题。无论是"建国、建军和建党"系列的明星大片献礼，还是"吾国和吾民"式样的拼盘小品歌颂，国庆档电影集中地体现了"合时而著"的主旋律美学范式：盛世述史、英雄叙事和精英创制共同构成的"嘉年华"风格。

疫情之下，今年的国庆档电影不仅数量少于往年，类型风格也较为单一，其中的《万里归途》《平凡英雄》《钢铁意志》三部电影无一例外选择用平民视角，不约而同改编自真实故事。如果把这种转变看作编导们创作上的自觉，那么这意味着电影在中国故事的表达方面正在进入深水区。

"基于真实故事改编"，这是国际商业电影创作的惯用套路，观众也常被附在影片首或尾的这行字幕所震撼。今年的国庆档电影集中触发了这一引信，引来的反响却不如预期。毕竟，故事片不是纪录片，仅有真实是远远不够的，即使所有的时空、人物、细节都是真实的，也未必能打动人。《钢铁意志》唤醒了我们对共和国钢铁工业的集体记忆，《万里归途》刷新了我们对当代中国外交官的认识，《平凡英雄》让我们目睹了南疆生命接力的奇迹。但是，在影像纪实泛滥的多媒体时代，今天的创作者恐怕面临着更多的挑战，要捕捉时代话题在现实中的流动，要引发内心情感和角色的共振，要触及人性更深处的幽微冲突，还要对"真实"本身进行更为精心的挖掘、提炼和塑造。

题材：真实的两难

真实的一重境界是故事。传统的现实主义创作是一面镜子，信奉艺术源自生活但高于生活。编导们热衷从真实生活获取灵感，只是解决了一个叙事底座，并不意味着最终赢在起跑线。真实是一条捷径，避免了胡编乱造的悬浮；也是一副镣铐，限制了天马行空的想象，考验的是创作者对现实的敏锐感知、对故事的合理加工。

根据"10·5中国船员金三角遇害事件"改编的《湄公河行动》，根据2015年也门撤侨行动改编的《红海行动》，根据中国登山队两次攀登珠峰史实改编的《攀登者》，以及以"川航事件"为原型的《中国机长》等国庆档影片的成功，带动了真实题材的改编热潮，催生了以博纳影业为代表的以"中国故事"为投资策略的市场主体，同时，也在不断加深人们对"真实美学"创作规律的认识。

同样是讲述归侨故事，中国的《万里归途》和韩国的《摩加迪沙》呈现了不同的表述。《万里归途》讲述了赤手空拳的中国外交官穿越战火，把125位同胞带回家的故事，内涵是中国的家国情怀。《摩加迪沙》表现了朝韩两国外交官，在异国他乡的危急时刻携手合作的故事，底色是半岛的民族伤痕。由此，我们可以看到真实改编的故事逻辑：第一，改编的核心是类型化。真实只是题材，依托电影类型范式，才能转变成故事。《万里归途》遵循的是惊险公路片模式，层层递进，环环相扣，凭借节奏取胜；《摩加迪沙》是在惊险片的基础上，又掺杂了黑色幽默的喜剧片元素，故事更为丰满。第二，戏剧化的结构。二元对立是推动所有情节发展的驱动力，《万里归途》是新老外交官的过招，《摩加迪沙》是朝韩外交官的明暗交手。第三，基于细节真实的虚实结合。据当时亲历的韩国外交官讲述，当时朝韩双方的合作并没那么多曲折，而电影为了增加戏剧冲突，让故事更精彩，原创了许多情节。同样，根据中国驻外人员被枪指头的真实经历，《万里归途》虚构了中国外交官和叛军首领展开"俄罗斯轮盘赌"的生死游戏，通过此种手段，联结现实和银幕，影片并不完美，但基本完成了从题材到类型的过渡任务。

对大部分改编电影而言，需在情节真实、人物真实和细节真实的"三一律"基础上，对故事进行合理挖掘和适度取舍，但也有一种来自生活的题材，它本身就具备高度的戏剧化和类型要素，只要做到电影和生活的平行，就能成立。电影《平凡英雄》即为具备这样纪录片特质的一例。8小时1400公里的生命接力，两座城市里素不相识的人们协力为断肢重生搭建生命通道。这样的故事常见于灾难片的叙事，生命和时间的冲突是最大的戏剧性，情节递进高度吻合格里菲斯"最后一分钟营救"的节奏，电影只要踏踏实实地还原即令人震撼。不过，《平凡英雄》的缺点也同样明显，而这里面涉及比故事更深层面的主题提炼和人物塑造。

主题：表达的负重

真实的二重境界是主题。在当下的传播语境里，现实主义电影创作不仅要满足娱乐的需求，还担负着公共文化产品的社会功能。受特殊档期的影响，电影的议程设置会被成倍放大，每一部热门电影的上映都会生产社会话题，也暗合着相应的大众情绪。例如，春节档的主题是"家"，团圆就是主流情感；国庆档的主题是"国"，爱国即为核心价值。根据真实事件改编的电影尤其要重视主题的提炼和演绎，它是统摄故事的灵魂，体现了作品的思想高度。

主题，不能先行，更不能过载。一些旨在献礼的电影创作尽管真材实料，但总见模式化的乏味，症结还是在于内容表达上的"多"。电影《钢铁意志》是近年少见的工业题材大片，通过聚焦"共和国钢铁工业长子"鞍钢，追溯了共和国工业化起步的史诗历程，隐喻了人生和钢铁融为一体的奋斗主题。遗憾的是，这条主线串起的珠子甚为零散，出现了献礼片常见的结构问题：一是全景和局部的冲突。要在100分钟内全景式展现鞍钢几十年发展中的重大史实，内容只能浮光掠影，剧情无法聚焦，甚至情节推动只能靠字幕和画外音。二是主线和枝蔓的纠缠。影片故事线庞杂，同时铺陈了多个主题，跳接变成了堆砌。三是风格和节奏的不统一。非连续性的段落组合中，因缺乏稳定的叙事逻辑，风格比较散乱。

解决好真实，关键还是要克服内容表达上的"多"。

面对恢宏的真实历史事件，编导们习惯采用全景式的纪实框架，进行史诗性的表达。一如2021年的《中国医生》，尽管故事聚焦在金银潭医院，仍引入了指挥部、方舱和雷神山建设等内容，并间或穿插真实的新闻报道和影像，试图对武汉抗疫进行一个系统和完整的呈现，而忽略了这对电影叙事节奏和人物塑造的破坏。

这种内容表达上的"多"，正是中国故事讲述的难度所在。

人物：单向的模糊

真实的三重境界是人物。根据真实事件改编的电影，往往都有人物原型，角色的心理、动作、性格以及人物关系的聚散，除了遵循基于真实生活的行为逻辑外，也依赖于更具艺术色彩的形象塑造。遗憾的是，一些电影中再造的形象往往不如现实生活中真实的精彩。《平凡英雄》中的一句台词耐人寻味：平凡人做平凡事，跟你在哪没关系，跟你相信什么有关系。同样，电影对真实人物的再造，不在于他是否真的做过，而在于让观众相信。

《万里归途》在国庆档的一枝独秀，固然有题材本身的红利、爱国主题元素的加持，但关键还是靠人物形象的支撑。张译饰演的外交官宗大伟，演绎出了外交官角色的立体感，即非单一的个人英雄主义，而是一个兼具勇敢、智慧与怯懦、纠结的普通人，这种"反战狼式"的处理反而让人物复杂、鲜活而生动，使得观众愿意投入他的感情世界，与之共振。

《钢铁意志》中，刘烨演绎了共和国第一代钢铁工人的形象。遗憾的是，这个人物没有超过当年"铁人"王进喜的高度。编导只是在"生猛"的"钢铁直男"的坯底之上，添加了一些"憨萌"。影片中，主角经历了从战士、工人到管理者的巨大转换，但缺乏人物的心理轨迹。团队创造了从无到有的许多"第一"，但无论是造出第一面国徽，还是研制出第一个战斗机加油的操纵杆,却少了技术研发的专业细节,基本上是"攻关全靠决心,克难都凭发狠"。给人留下印象的,倒是林永健塑造的角色,这位重男轻女的车间师傅,把炼出第一炉钢水称作"钢炉生娃娃了",欣喜之余笃定老婆生的第五胎一定会是"带把儿"的,此刻人物的情感是朴素和写实的,但终究是碎片化的陪衬,繁杂的故事线根本没有余地给他来塑造一个完整的、有血有肉的角色。

人物形象的模糊,也不全是表演的问题。现实主义创作中,无论英雄颂歌,抑或生命礼赞,集体主义美学的价值导向成为主旋律电影的一种范式,群像大于个人。好比《钢铁意志》,在展现新中国第一炉钢水诞生的过程中,一代代钢铁人也在淬炼中走向成熟、锤锻出了钢铁意志。如同《中国医生》,要借医生的群体反映抗疫保卫战中的奉献和牺牲。这也注定了在没有经过较长时间精细打磨的情况下,在有限的篇幅里,电影只能展示群体的风貌,很难展示个体细微、复杂的变化。

这一点也集中体现在《平凡英雄》中。该片的底层逻辑是《中国机长》和《中国医生》的合体,影片的重心都是事件,而非人物。编导试图通过对危机事件的全过程追溯和全要素呈现,展现大国担当和实力。博纳影业在"中国系列"的运作中,已经形成了此类电影的标准化流程。在某个紧急事件的发生、预警和处置过程中,每一个人所处位置各不相同,但是承担的功能都是相同的,即大事件中的小齿轮。这样,电影呈现的是以职业群像为特征的人物塑造模式，优点是节奏明快不拖沓，缺点是千人一面单向度，为了刻意煽情，甚至出现了在飞机客舱内吹拉弹唱的悬浮剧情。

必须看到，不是所有的中国故事，都能按照某种印模来复刻。根据真实事件改编的电影，因为观众有全知视角，它和纪录片有着本质的区别。而优秀的电影始终游走在现实真实和银幕虚构之间，从中走出来的平凡英雄兼具神性和人性，无须用悬浮的现实去歌颂，无须用宏大的概念去图解，更不用多余的眼泪来煽情。

新兴文学需有对话性和行动性的评论

李 玮

研究2021年中国网络文学发展情况的《中国网络文学年鉴（2021）》不久前出版。这部综合了网络文学年度综述、活跃作家、热门作品、网络文学产业、中国网络文学海外传播等内容的志书，全面而客观地呈现了网络文学发展的鲜活现状。

媒体报道称："作为社会主义文艺的重要组成部分，网络文学近年来保持高速发展态势，内容生态日趋繁荣，一大批积极向上、传递正确价值观和弘扬中华优秀传统文化的作品也日益受到海内外市场和读者的喜爱。"

专家评论道："今天谈网络文学，似乎早就已经超越了它究竟是不是文学的阶段。网络文学的影响太大了，不仅在视听媒介的大众消费上占据显著位置，还一路顺风顺水，冲出国界，走向世界各地，成为传播中国文化的重要力量。"

如今，网络文学在文学发展中的重要性已不容置疑。但仍应看到，网络文学的某些特征超出了既有的一些文学标准、文学规约,有关网络文艺讨论的现场冲突和交锋也时有发生。当新兴文学和既有的审美标准产生矛盾时,评论的两难由此产生。固执地墨守制度化的标准,是否可能压抑新兴文学的创造力?不加甄别地拥抱网络文学,是否可能陷入"市场至上""娱乐至死"的误区,丧失文学评论家应有的立场?

要解决这一两难问题,马克思主义美学的辩证思想值得借鉴。伊格尔顿曾说:"历史就其不可化约的特殊性而言,恰好是对理论的苍白的普遍性的替代。"(《我们必须永远历史化吗》)进入多线的历史,重视经验的丰富性,尊重历史的不确定性,并在此寻找辩证统一的道路,这是改革开放时期文艺活动提供的重要思想资源。而当下出现的文学新经验、新形式,正是激发文学理论活力、让理论在与经验的对话和碰撞中不断发展的契机。

网络文学的集体赋权

如果我们注意到《长夜余火》(爱潜水的乌贼著)、《第一序列》(会说话的肘子著)、《亏成首富从游戏开始》(青衫取醉著)等网络文学创作中,或是B站诸多文案中对资本化逻辑的批判意味,也许我们就不会将网络文学盖棺论定为商业文学,并可从中找到新的批判性资源。如果我们关注到近年来诸多"女频"(女生频道)文本在叙事方式上的逆转和反套路的处理,就会发现"女频"网络文学已经不再以"行动元"强调外貌与柔化的性格,也不局限于编织纯爱逻辑以内视角进行独白的单线叙事,而是通过重塑底层逻辑、变换修辞方式,展现一种内部叙事方式的结构变动。这种在故事层面、修辞层面和内在逻辑层面同时发生的变动,可以阐释近年来"女频"的"去女频化"特征,频道内部结构演变背后所隐藏的是对于性别认知的深化。如果我们看到诸多网络文学书写"后人类",重新思考人和自然之间的关系,在创作中重建复合性身体、超人类或非人类的视域,并由此展开对性别、残疾、种族或民族等的思考,也许我们就不会简单地从技术工业的角度去否定网络文学。

前不久,由上海市新闻出版局支持,阅文集团主办的第六届现实题材网络文学征文大赛颁奖典礼上,14部获奖作品名单揭晓。其中,展现中国科技企业崛起的《破浪时代》获特等奖,书写平凡人生活史诗的《上海凡人传》获一等奖。近年来,网络文学创作现实题材的盛行,并不仅仅源于政策的扶持与倡导,也是新的时代经验在凝聚后的自然展现。豆瓣阅读的异军突起以"悬疑向"与"生活向"闻名,时代热点与社会现象充当着小说的灵感起源与主体情节,如《恶评》(阿宴著)关注网络暴力、《奶奶反诈团》(基顿家长著)反映针对老年群体的诈骗现象。细腻的生活内容与日常烟火展示着当代青年人的心路历程,如《但愿人长久》(李尾著)和《梁陈美景》(大姑娘浪著)展示生活的平淡底色与冒着热气的磕磕绊绊,复现的现实世界仍是网络文学的主体空间。《塌房少女重建指南》(时不识路著)是一部书写Z世代青春的现实题材网络文学，记录这代人的迷茫和追求，承载着新的青春经验，书写了新的现实题材。

网络文学的集体赋权，使来自各行各业的青年人可以通过文字来表达对世界的想象，展示生命元素的更迭，凝塑时代的新貌。

文学评论的在场形式

文学评论，是理论和新经验之间对话的场域，是辩证关系的生产场域。面对新兴的文学经验和形式，文学评论尤其要以自身的敏锐性、参与性和对话性在场。

首先是敏锐性。当更迭加速成为文化产品的常态，文学评论要更加及时、更加敏锐地跟进文学现象和热点，对成因加以阐释，捕捉利弊。比如2021年各大网络文学平台盛行"马甲文"(故事中主角拥有多重身份的一类网文)。"马甲文"吸引了相当数量的读者群体，对网络文学作家群体也产生了很大冲击。对其，我国第一家网络文学评论平台扬子江网络文学评论中心剖析指出，"马甲文"是对"霸总文"的替代，尖利的现实终将戳破其所制造的脆弱幻境。

再如《大奉打更人》(卖报小郎君所著的探案与仙侠相结合类型的小说)成为2021年爆款网文，并启动了影视改编。如何阐释、评价这部作品及其火爆现象？文学评论及时做出反应，并呈现出不同的声音。例如，指出该作品集近年各种大玄幻成功"套路"和"元素"于一身，各种套路的运用不拉垮，但也不特别出彩。朝堂权谋也好，悬疑探案也罢，反转和创意并未能让读者拍案称绝，特别是老读者会感到明显的套路感。不同于有的玄幻作品用大量的场景化描写渲染玄幻世界背景，或是用场景化来交代人物命运，《大奉打更人》肯将叙事时间放慢的原因只有一个——"爽点"，让线索的铺排、性格的逻辑为"用梗"和"爽点"让路，将探索性的、不确定性的因素排除在外，靠汇聚各种"套路"制造四平八稳的"爽"。套路带来了上架、关注和点击数据，也博得了资本的青睐，同时作品"怕踩空"的内在逻辑使它规避了引领性、创新性可能带来的风险，是一出稳健的商业化写作。

这样的声音，及时给网络文学创作指明了"爆款"的问题和进一步拓展的空间。在当下不断变动的文坛，以敏锐性和及时性对文学现象进行分析与阐释，尤其显得必要。我们也注意到，短评、微评、弹幕越来越成为有效的评论方式，这可视作快速变化的文坛对新兴评论的召唤。

具有多重功能的一种"行动"

新兴评论具有参与性和对话性，是将评论从纸面推向参与性的"行动"。在理论界,语言的操演性和文学的行动性越来越受到研究者的重视。受此启发,文学评论也不仅是纸面文章,它可以是一种"行动",特别是具有引导作用和对话功能的"行动"。

仍以文学评论对网络文学发展的"参与"为例。经由多年的发展,网络文学的更新迭代业已发生,网络文学已由先前的类型化开始走向深度创意。"好故事"不再只是意味着"爽",还需要融合和创新并存、有趣和有力并举。当网络文学提供越来越多这样的作品时,我们需要超越对网络文学既有的纯粹以"点击量""月票榜"为主的评判,超越单纯地以既有文学经验为标准的评判,由此推动网络文学在创新和想象力上的不断发力。

基于这一动因,全国五大高校网络文学研究机构(北京大学网络文学研究中心、中南大学网络文学研究基地、山东大学网络文学研究中心、安徽大学网络文学研究中心、南京师范大学扬子江网络文学评论中心)联合推出了"网络文学青春榜"。该榜单以新世代青年大学生为依托,在深入网络文学现场、浸泡式阅读的前提下,重视网络文学在创造新时空、表达新经验方面的重要作用,遴选网络文学作家和作品。可以说,这为网络文学发展提供了一个新的维度,而推选"青春榜"本身就是具有引导性和参与性的"评论"。

新时代和新媒体环境下,面向新兴的文学文艺方式,评论工作更应该在创新性和创造性上下功夫，直面文艺创作和传播中出现的变化及问题，建好、用好网络新媒体评论阵地，探索更敏锐、及时、有效的方式，使评论真正发挥导向和引领的作用。对文艺传播的产业链条进行全程性关注，探索网络文学的影视改编重点与难点，对于相关现象溯本清源，为网络环境中的文艺传播做出迅捷且专业的反馈。例如2021年，《司藤》作者尾鱼在微博上吐槽自己的作品在影视化过程中所遭遇的"魔改"现象。一石激起千层浪，各方争论不休。IP影视化在当下的影视市场中已占据重要位置，如何做好改编始终是一个核心的问题。评论家们对这一吐槽以及吐槽背后的现象予以及时、中肯的评论，厘清现象，显得十分必要。

拨开缭乱的迷雾，厘清现象，与大众话语环境联动，真正地参与网络文艺传播的第一现场，才能在新媒体环境下使评论积蓄新的力量。面对新兴的网络文学，文学评论不是一种墨守成规的度量，更不是一枚标识权力的印章。它从来都是一种再创作，是多元化、多样性的参与和对话。

当代小剧场戏曲创演的三重路径

胡晓军

2021年中国小剧场戏曲展演期间,当笔者再度步入展演主剧场长江剧场时,不由想起2018年,也是同样的时节,上海有关方面宣布将环人民广场演艺区定名为"演艺大世界"并推出了"三年行动计划纲要"。3年过去,"演艺大世界"已成为共性与个性兼备、规模与特色相映的大型舞台演艺圈了。在如此背景和趋势下,作为处于圈内核心位置的一个颇具特色与潜力的文化品牌,中国小剧场戏曲展演可为观众呈现什么样的作品、为戏曲贡献什么样的审美、为上海展示什么样的文化景观,令人充满期待。

此次展演的15台剧目中,笔者仅观赏了3台——京剧《小吏之死》、梨园戏《陈三五娘》和汉剧《再见卓文君》。遗憾之余,也有收获,因为这3台戏分别代表了不同的题材来源、创作理念及舞台呈现,指向了当代小剧场戏曲创演最主要的三重路径。

一

京剧《小吏之死》改编自俄国作家契诃夫的小说《小公务员之死》，主人公从俄国的小公务员，变成了明代县衙的九品小吏。人物的懦弱性格、卑微心理和悲惨命运一脉相承，主要情节、戏剧矛盾、主题旨趣亦无二致，因此看点就集中于这台京剧丑行独角戏如何加以表现了。只见演员在狭小的舞台上，当着进场观众的面勾脸、挂髯、着装，时间一到，直接开演。演出当中不再换装、不戴面具甚至不加铺垫，演员就在主人公与多个次要人物间"跳来跳去"，根据巡抚、县官、妻子等不同人物，安排不同行当的声腔和身段，在丑角与老生、小生、彩旦间"跳去跳回"。甚至在饰演老婆时，演员还唱了一段评弹，令观众为之莞尔。全剧虽只有半小时，但在深厚的剧本文学、娴熟的表演技艺下，呈现了精悍的戏剧张力和精致的艺术魅力，更难得的是发挥了小说讽刺、批判和悲悯的题旨。

改编中外经典文学是戏曲创演的一个传统，名剧很多。概因经典的深厚文学性，在人物塑造、情节设置、台词设计上为戏曲艺术的发挥提供了坚实的基础和自由的时空。小剧场戏曲也不例外，本次展演中，与《小吏之死》同类的还有蒲剧《俄狄王》、黄梅戏《蓝袍先生》。回溯以往，此类小剧场戏曲作品量大、质优、市场好，如上海昆剧团取材于鲁迅小说的《伤逝》、改编自尤内斯库戏剧的《椅子》，还有秦腔《浮士德》、滇剧《马克白夫人》、越剧《一个陌生女人的来信》等，改编作品与原作主题保持一致，艺术呈现则多有标新立异之处。当代小剧场戏曲以"思想的先锋性"和"艺术的实验性"为宗旨和追求，改编中外经典，唱念做舞必须原创，则意味着"艺术的实验性"得到了保障，在两大宗旨和追求中稳得其一。若还能挖掘一点"思想的先锋性"的话，就更理想了。

《小吏之死》早在2007年就在天蟾舞台大剧场首演，从创作思维和表现手法看，显然受到了新编京剧《李尔在此》的影响，却显示出很不相同的创造能力和艺术魅力。相同的是，大剧场是它们最早出现的舞台，艺术的实验性是它们共同的追求。可见，从愿望的生成到实践的求证再到最终的定名，小剧场戏曲曾走了一条从模糊到明朗的路径。《小吏之死》问世时以"京剧小戏"冠名，并参加了全国小戏小品大赛、京剧"丑行汇演"等；当它在2019年第六届当代小剧场戏曲艺术节上再度现身时，已正儿八经地被命名为"小剧场京剧"；此番又作为2021年中国小剧场戏曲展演的开幕"小"戏，可谓名正而又"演"顺。如此一路走来的小剧场戏曲数量不少，如昆剧《伤逝》、川剧《卓文君》等皆如此。由此也可看到，原创戏曲小戏是一种离"小剧场戏曲"最近的创演载体；更可发现这十几年来，小剧场戏曲创演从萌发、兴起到流行的轨迹。

二

梨园戏《陈三五娘》在修缮一新的宛平剧院小剧场献演。对于这个剧种,上海观众并不陌生,因为从第一届至今,福建梨园戏都是展演的常客,先后有《御碑亭》《朱文》《刘知远》《朱买臣》《吕蒙正》登陆沪上且每每客满、票房飘红。笔者发现,除了最初的《御碑亭》,后来的戏从剧本到演出都是走复古的路子。作为保护传承地方戏曲的一项举措,2016年,福建有关部门推出"福建百折传统折子戏展演",恢复了许多"活化石"级的古剧。作为成果之一,《陈三五娘》从剧本、表演到服装、伴奏都极为古朴,尤其是"十八步科母"的古老程式,令人在称奇之余,产生了与当代文化语境的强烈隔离感。这种隔离感在专家群里演变成"什么才是小剧场戏曲"的讨论——要知道几百年前,这些戏往往也在私宅小厅、深院后园之类"小剧场"里演出。那么,有没有将"古典小剧场戏曲"与"当代小剧场戏曲"分野或分置的必要和可能呢?

概念的界定是争鸣的前提。但在某新生事物问世之初,就对概念做严格的框范是一件困难的事,或许这是将来更宜的事。小剧场戏曲发轫于21世纪初,是受小剧场话剧影响而发生的。后者从欧美进入中国后,曾在20世纪80年代中后期掀起一股热潮,并间接催生了小剧场戏曲。西方小剧场戏剧的主张,是以思想的叛逆摆脱人类精神困境、实现个性独立,以艺术的锐气挣脱传统模式束缚、完成文化革新。简言之，欢迎"先锋"与"实验"。一些专家据此认为，小剧场戏曲也要遵循此道，不应收纳传统折子戏和乡村小戏，而是要着力"离经叛道"，表达新的时代社会思潮、塑造新的戏曲审美属性；一些专家认为小剧场戏曲也是戏曲，应该依靠传统、学习传统、表现传统，始终保持向传统致敬的心态和姿态。笔者最初偏向前者，经多年观察后改为偏向后者，同时对两者都有反思和调整。

其实，传统戏曲呈现与当代戏曲建设并非水火不容的两极，而是彼此介入的交集，两者构成了当代的戏曲共同体。其中，传统大戏及折子戏、新编大戏的历史剧和现代戏同属"大剧场"体系；原创小戏则如前所述，若满足先锋与实验中的一个便可冠名为小剧场戏曲。同理，对旧折子戏的拉伸和延展如本次展演的昆剧《白罗衫》，虽在主题上遵传统却在艺术上有发展，也应属于小剧场戏曲；唯有"古剧新演"存在争议。笔者之所以主张将其纳入小剧场戏曲范畴，原因有二：一是在"非遗"语境下，小剧场是展示和保护"宋元南戏活化石"的珍贵平台，不可主动退失；二是"古剧新演"本身特性使然。记得2007年上海昆剧团全本《长生殿》首演时，评论家刘厚生撰文说，将300年前的纸上文字在没有影像资料、演出描述的情况下搬上当代舞台，必然经历了"高度创造性的艺术过程"（《昆剧全本创作评论集》）。这番评论，对那一批复古的梨园戏来说同样适用。对当代观众而言，这些剧目貌似古老，但若深究，其与古代演出势必有所不同，这些隐藏在"修旧如旧"里的发挥和创造，难道不是一种戏曲艺术所独有的继承性实验吗？

不止于此，既然戏曲为中国所独有，那么小剧场戏曲也为中国所独有。鉴于戏曲历史悠久、技艺丰富、鼎盛时期已过、创新难度大，尤其戏曲人的知识结构、技艺储备、创演思维和审美追求，与话剧人相比也有所差异，应尊其历史、析其现实、宽其将来，为戏曲人的探索和创造、为小剧场戏曲的定义和定位提供充足的时间和空间。总之，在小剧场戏曲的初级阶段，不宜对其进行过苛的框定，更无须对西式理念全盘照搬。笔者欢迎"先锋"与"实验"，但也主张在当代小剧场戏曲的范畴里，有"古典小剧场戏曲"的容身之地——这是拥有悠久传统、博大蕴藏的戏曲艺术的权利。

三

评论家季国平曾对小剧场戏曲做如下描述："小剧场戏曲是西方和中国的小剧场话剧与中国传统戏曲嫁接后的产物，既是传统的，也是现代的。"（《颐和集》）此言甚确。不过，据上述观点，笔者以为此言所指只是小剧场戏曲的某一类戏，如本次展演的汉剧《再见卓文君》。

卓文君和司马相如的爱情故事曾被众多戏曲剧种演绎过。而在《再见卓文君》里，原人物情节仅占了五分之一，古今两组的各三位人物，在"穿越"手法下实现了自由对接、同台对话，演到酣处更唱了流行曲、跳了踢踏舞、踩了平衡车，是一出内容现代化、风格荒诞化的喜闹剧，传递出当代人对爱情与金钱、婚姻与事业关系的看法。

自2000年第一部小剧场京剧《马前泼水》登台亮相，"旧瓶装新酒"一直是小剧场戏曲创演的"主干道"。顺便一提，这也是"以古人之酒杯，浇心中之块垒"的中国文人精神传统在小剧场戏曲创演中的体现，其旗帜或口号大致有"为传统生发新概念""为古典注入当代性"等。本次展演的粤剧《金莲》、豫剧《南华经》、黄梅戏《美人》、淮剧《秀才·审妻》、川剧《桂英与王魁》均属此类。

这类作品往往在以古用今、化古铸今上的胆量和尺度均不小，呈现思想先锋和艺术实验的合体，与西方小剧场戏剧之先锋和实验的贴合度，是所有种类中最紧密的。需要注意的是，当代观念的注入和传统艺术的变形，充溢着信心、鼓荡着锐气，既为当代戏曲提供了强大的建设性，又给传统戏曲带来了猛烈的颠覆性，稍有不慎便容易出现为颠覆而歪批、为深沉而弄玄、为搞笑而戏说所导致的异化或俗化现象。笔者以为，此类剧目的创演须以尊重中华美学精神、遵循戏曲创演规律且不超出多数人审美耐受力的上限为前提。若没有深邃的思想、没有优秀的创意，恐怕只会留"小剧场"之名而失"戏曲"之实，沦为舍本逐末的短视与买椟还珠的伪行。

通观当代小剧场戏曲创演的三重路径，既相对独立又彼此交汇，在守正和创新上均显示了充沛的活力、迷人的魅力和强大的潜力，现状可喜，前途可期。然而仅有以上三重路径，依然不够。套用《礼记》"王天下有三重焉"为"走天下岂三重焉"，笔者以为，在编、导、演上全方位原创的剧目建设才是更重要、更长远的。本次展演中此类剧作有滇剧《粉·待》、京剧《一蓑烟雨》等。但恰是这类剧目在数量和质量上均处相对弱势，以往佳作也是屈指可数。昆剧《319·回首紫禁城》虽有明传奇为凭借，但已几无老戏痕迹，原创浓度极高；可圈点者还有高甲戏《阿搭嫂》、黄梅戏《香如故》。笔者以为此类纯原创的剧目，是最能为小剧场戏曲的概念定义、文化定位做贡献的。正因其力作少，才更要推而广之；正因其难度大，才更须知难而进。

四

在不断探索与争鸣中，小剧场戏曲走过了20余年的历程。尽管总体仍处初级阶段，但从陌生到熟稔、从稀疏到繁盛，昭示了小剧场戏曲朝阳似的现在和锦绣般的未来，更牵系到整个戏曲艺术的繁荣、影响着文化建设的整体。笔者以为，小剧场戏曲大有希望成为中国传统戏曲实现创造性转型、创新性转化的一条主赛道，大有希望成为展现民族文化辨识度、标识度，体现城市文化包容性、国际性的一个大平台。具体表现在四个方面：

一是创演主体日益增多。小剧场戏曲最早在京、沪、宁、穗等少数大城市出现，不少剧团多有力作推出，在"源头"和"走出去"上可谓收获丰盛。随着时间推移，各地各剧种纷纷跟进。由于小剧场门槛低、成本小、完成度高，出品方也从国有院团向民营院团、文化企事业单位伸展，进一步推动了创演的多样性。

二是百花齐放格局彰显。以往不少大型院团重点创演繁重、实力资源有限，往往对主题、题材、体裁、风格无法兼顾。小剧场戏曲的出现，以立意新、投入少、周期短、品类多补足了这一短板，确保了院团在传统戏、现代戏、新编历史剧的"三并举"。这既有利于培育梯队形的戏曲人才、开展多样性的戏曲事业，也有利于细分观众群体的培育、分层演出市场的搭建。

三是展演平台持续发展。两个全国性的小剧场戏曲展演平台——上海的中国小剧场戏曲展演和北京的当代小剧场戏曲艺术节，一南一北，遥相呼应，经过多年运作均拥有了很高的知名度和很强的影响力。就在本次上海的展演筹备之时，杭州"好腔调·2021小剧场戏曲季"异峰突起。不同于前两者的是，"戏曲季"以线上展示、网络投票为特色，此举新颖，虽有争议，但在抗疫的大环境下其吸引力和竞争力都得到了凸显。笔者以为，平台增加固然是好，但须尽快地确立专长、特色和风格，通过各异的角度、不同的层次来激励本土、助推外地戏曲力量进行创演、市场、评论、理论的建设，在事业发展、产业营销上取得突破、赢得成果。

四是推动文化生态构建。作为逐渐壮大、不断成熟的新型戏曲演艺模式，小剧场戏曲对当代戏剧观众的吸引力越来越强，对城市文化建设的作用力也越来越大。小剧场戏曲进入大众演出市场已成为现实，至于跻身主流文化范畴，恐怕也是时间长短问题，因此政府和社会都需给予更多的重视与更大的支持。

中国电影民族化品格书写,越现实越温暖

潘 汝

在东西方文明激烈碰撞的当下,中华民族对自身文化特异性的追问比以往任何时候都更为迫切。"中国电影学派"的理论构建与当下中国电影对民族化品格的实践探索,都是这种追问在电影领域的体现。近年来,中国电影深深扎根于鲜活的现实,传达温情和谐的伦理之境与虚实相生的诗学意蕴,不仅激发了深具民族特色的创造力,也给新时代本土电影温暖现实主义创作理念的探索提供了民族化的维度。

在鲜活日常中传达本民族的生命实践

20世纪八九十年代,在中国电影新浪潮中出现的诸多"民族寓言",一方面,在全球化狂飙中成为中国文化软实力的标志性符号;另一方面,因其中的某些奇观化民俗——如"颠轿""挡棺""点灯—封灯"等,受到一些电影研究者的批评。

曾经有学者对这一批评的后果表示忧虑与质疑：这种潜藏西方中心主义的视角被解构之后，艺术家却无力重建本土电影的民族话语。

近年来，中国电影的创作实践，颇为有力地回应了这样的质疑。与上述奇观化的"民俗事象"及其空间构建不同的是，在充满烟火味的日常空间里呈现具有时代气息的底层叙事，成为近年来中国电影的一种现象级的潮流。《我不是药神》里布满蛛网般电线的狭长里弄、热腾腾的澡堂、人声鼎沸的廉价舞场等场景，让这部影片始终氤氲浓浓的底层关怀；《狗十三》以一个初中生李玩的伤痛与成长架构全剧，那旱冰场带有眩晕感的运动镜头、狭小公寓的锅碗瓢盆、吠声此起彼伏的流浪狗收容所，让少年心事附着了人间烟火的质感；《暴裂无声》里的哑巴矿工张保民寻子事件在矿场、羊肉铺子、牧羊场等场景中展开，于空旷辽远中流淌着粗粝而富有力量的情感。还有《无名之辈》《少年的你》《奇迹·笨小孩》……无不以真实的百姓日常为底色铺陈全片。王小帅导演的《地久天长》很具代表性，影片讲述两个家庭因为其中一个孩子的亡故，在各自的钝痛与负罪感中度过了30载。与上述影片相同的是，本片仍以市井空间为人物的主要活动场域，而"磨剪子嘞戗菜刀"等声景，水上的画舫、明黄色的南方寺院、过年的红灯笼等物景，以及十余次餐食场景——包括家常饭、好友聚餐、应酬饭局、丧宴、小儿生日会、少年的户外围餐，甚至是中年男人就着花生米的独酌……都在凡俗中呈现出中国韵致。

这些影片既摒弃了充满东方浪漫想象的民俗奇观，也不刻意地展开跨国的视觉旅行。影片中那些满面尘灰的小人物，在嘈杂而真实的市井中行走，或悲或喜，或洒脱或无奈。不猎奇、不迎合，是中国电影人经过一次又一次文化碰撞之后从容而自信的姿态。而这些影片口碑与票房的收获，进一步表明中国电影有能力在一种奇观化的情调之外，进行真实自我的银幕书写。在他们那里，民族性并不一定意味着重返古典或展示国粹，普通民众的每一个鲜活的当下都与之有同构关系。

在温情化叙事中传达本民族的伦理取向

与这样的现实主义相呼应，家庭关系的温情叙事再一次在当下的中国电影中被强调。这不仅与西方凸显戏剧冲突的"弑父""救赎""法理"等惯常主题形成反差，也与20世纪80年代中国现实主义题材电影形成对照。在那个年代颇为经典的影片里:《二子开店》《小小得月楼》中的父亲并不被尊崇，甚至被塑造为一种束缚年轻人往前闯的保守力量;《牧马人》中的儿子作为理想主义的精神代表，拒绝了父亲某些庸俗的实用主义建议;还有《被爱情遗忘的角落》《人·鬼·情》《喜盈门》等中的父亲，在家庭中是缺席或无语的状态……这些银幕父亲形象，与当时各种思潮激荡之下反思传统的整体氛围密切相关。

经过30多年的沉淀，在当下中国电影中，"子辈"对"父辈"认同、"长"对"幼"的责任、对家庭温情与团圆的渴望、对传统伦理的倚重，成为更普遍的主题与基调。《我和我的父辈》《人生大事》《地久天长》《你好，李焕英》《我的姐姐》《没有过不去的年》《刺杀小说家》等涵盖多种题材与类型的影片，均以家庭关系为核心展开叙事，表明对传统人伦道德的一份执着与眷恋。

其中，《人生大事》的父子（女）关系处理得颇具匠心。这里设置了双重父子（女）关系：显在的叙事线索是殡葬师莫三妹在与孤儿武小文一系列啼笑皆非的冲突中，成长为一个真正有责任感的慈父；潜在的线索则是莫三妹在与自己父亲老殡葬师的对抗中，体悟到了父亲的"圣人心"，不仅成为血缘意义上的孝子，继承祖业，而且皈依了父亲践行的传统生死哲学。此外，还有另一重父子（女）关系的隐喻，就在哪吒的符号意义中显现。影片开场的两个运动镜头分别是哪吒的风火轮乾坤圈与其全身像，小文的装扮与性格则是哪吒的拷贝，而哪吒在中国民间是一个"剔骨还父削肉还母"的桀骜代表，哪吒"小文"蜕变为乖乖女，则成为片中父子（女）关系的又一重隐喻。影片颇有章法地推动着矛盾转换，化解彼此之间的对立，达到"和"的境界，完成了人伦亲情与文化意义上的回归。

除了对父子（女）关系的抒写，对家庭团圆的热望也在当下的电影中不断传递。《没有过不去的年》以剧作家王自亮为核心人物，在东西文化比照、现代与传统对峙中，串起了他自己的小家与原生大家庭的故事。在这里，东西文化的冲突被弱化，王自亮给在美国生活的妻女带去了"宗谱"，而在美国完成学业的女儿最大的愿望是回国发展，他曾经的过错也被妻子以中国式的隐忍化解。现代与传统的对峙更为凸显，王自亮及其三个同胞弟妹，看似有光鲜的身份，却都被裹挟在利益的漩涡中，现代社会的症候在他们身上表现得很明显。与之形成对比的是母亲的学生元能一家，他们淳朴厚道，"老吾老以及人之老"，让老师尽享天伦之乐。两者的对立冲突，在过年大团圆的家宴与小山村欢腾的年俗中，奇妙化解，握手言和。

《地久天长》的片尾，刘耀军夫妇的养子周永福自愿以刘星的身份回归家庭，意味着他宁愿放弃自我，做一个替代品，也要维护家庭的完整，这是东方式的回归；《你好，李焕英》在浓重的怀旧情绪中，讲述中国式的孝；《穿过寒冬拥抱你》说的是大疫面前，弥足珍贵的团聚……

近代以来，我们曾经以最谦卑的姿态向外来文化学习，曾经竭力从传统的怀抱中挣脱出来。经过历史的风雨沧桑，中国人在对存在的领会中不断改变自己的认知与生存情态。抗争的冲动与皈依的欲望在这样的领悟中回环往复，此消彼长。从"幼者"对"长者"的反叛、沉思到追寻，再到一种新生意义上的回归，历史在不经意之间画了一个圆。主流文化经过百年演变，在多重"父子""长幼"的隐喻中，抒写了回归的愿望。

当然，回归，并非意味着回到原点，而是一个积淀了太多历史沉思、融合了当代自我的一个新起点。

始终没有放弃诗意修辞与审美观照

以上文字主要讨论了中国当下电影民族化品格探索的两个方面，即如何在鲜活的日常中传达本民族的生命实践，如何在温情化的叙事中传达本民族的伦理取向。另外，我们也看到，在这样的现实主义探索中，当下的中国电影始终没有放弃诗意修辞与审美观照。

《妈妈！》一片，在这方面表现得颇为典型。影片讲述了一位80多岁高龄的妈妈为60多岁患阿尔茨海默病的女儿遮风蔽雨的故事。一个严酷的现实，通过多种视听手段，蒙上了温暖的诗意：空间畸变的升格镜头配上抒情音乐，让母女俩超市外的那场狼狈而惊险的奔逃，获得了超越现实之上的审美意趣；在水族馆时，镜头透过馆中悠然漂浮着水母的玻璃水缸，呈现出母女俩的面部特写，此刻的沧桑与愁苦都被稀释了；大量的镜像，在空灵而唯美中，传达意蕴丰厚的诗意。最精彩的，莫过于女儿发病到老宅寻梦之后，奔向湖边深情呼唤爸爸的场景。此时水波盈盈，如"古镜照神"，给予每一个苦难灵魂以诗意观照。影片还借用比兴手法，以大量空镜中的物象，传情达意，创设情景交融、心物合一的境界。另外，不少横移的长镜头，削减信息，舒缓流动，将观众带入了如中国长卷画徐徐铺展的况味。再加上片中不时出现的幻境以及母女俩读诗的场景，都使得这部现实主义作品具有了诗学意境。

还有《吉祥如意》中的乡村如水墨画般的写意，《气球》中爷爷往生之后的幻景和气球飞升的意象，《白云之下》不断呈现的广袤草原上骏马奔走的宏阔远景，《人生大事》里的璀璨星空……这些电影片段都运用多种视听语言，借用中国古典诗歌的比兴手法，结合富有寓意的空镜、梦境、镜像等来抒写人物的内心，比照人物的命运，在"心"和"物"的彼此融合中，传达"天人非异，行道为一"的传统美学追求。

当下，中国电影人正身体力行，在"我们是谁"的不断追问中践行温暖现实主义创作理念，对中国电影民族化品格进行了各种有益的探索。这些基于百姓日常的诗意伦理叙事的富有活力的作品，不仅生动诠释了一个真正有活力、有创造性的文明是扎根在对存在的领会中的，同时也在艺术层面表明了，一个生生不息的古老民族，在面对现实的困顿和艰难时勇毅果敢的抉择、坚韧包容的品质。

国风的火,不只是一阵风

张富坚

当下,随着传统文化热度的提升和各平台相关内容的助推,国风节目的跨平台传播随处可见。无论是相关影视制作水平的升级,还是文综类电视节目的崛起,或是相关文创产品的热销,都是对此的证明。

节目播出平台的多元化,带来显著的分众效果。线下与线上的无缝整合,也给节目的创新带来多一重考量——节目制作不能固执于针对特定观众、依靠单一媒介,在创意阶段就要预备引领大众文化趣味、走向更广阔的平台,并表达自身的文化诉求和文化个性。

从已呈现的内容来看,当下的国风节目创作尚处于嫁接与拼贴的初级阶段,还未真正建立完整、坚实的表达体系,有若干门槛需要跨越。例如,对传统文化的内涵精髓与现代生活中的情感共鸣的契合点难以精准把握,传统与现代审美结合的视听语言需要进一步的长期的探索。不过,国风节目在传播层面的成绩则相当喜人。国风元素节目厚积薄发，尤其在相关节日时点屡屡成为热点话题，甚至影响了时尚潮流，这为作品本身和作品之外的创新提供了无限的遐想空间，也令观众对国风文化产品充满新的期待。

一

中国元素的有效继承和传播，是在当前时代背景与文化语境下进行再融合、再创造的过程，特别是抓住了传统假日的契机。

回溯这一发展过程，或许我们的目光可以远至20多年前的文化创新。国风内容的创作生产，作为一种元素被有意识地嵌入当下的作品，应该说缘起于音乐领域。20世纪90年代，《仙剑奇侠传》《金庸群侠传》等电子游戏流行，游戏粉丝在BBS（网络论坛）上进行古风填词并翻唱，这种创作带有自娱自乐、基于社群认同的特点，逐渐形成古风音乐亚文化圈层。随后，以周杰伦创作的中国风歌曲为代表，国风内容进入主流文化圈并风靡亚洲。

不过，国风内容的普及，是伴随网络文学中穿越文、古风文的兴起而到来的。2003年，是中国网络文学商业模式落地元年，起点中文网依托强运营能力脱颖而出，首创VIP付费规则，网络文学的可持续变现模式拉开帷幕。在这个过程中，分众传播与爆款运营的商业逻辑显现出强大的市场号召力，而国风内容则贡献了巨大份额,如国风文占据"女频"顶流的状态达10多年之久。

近10年来,国风网文IP崛起,根据IP改编的国风影视作品层出不穷,深入新消费、新文化领域,成为当前潮流性社会文化现象的一大策源。与此同时,相关综艺节目纷纷亮相,如《国家宝藏》《经典咏流传》《国风美少年》等皆颇受观众好评。特别是,河南卫视的舞蹈节目《洛神水赋》《唐宫夜宴》、央视春晚舞蹈节目《只此青绿》和B站元宵晚会《上元千灯会》等精品力作的惊艳,真正引发了国风内容的传播爆点,将国风承载的古意、典雅、庄重等元素予以动人展现。

二

在中国传统文化中寻求契机与灵感,打造精品节目,吸引观众眼球,增强观众黏性,这是一项结合文化与商业发展规律的综合工程。悠久的传统文化与蓬勃发展的现代文明,两者之间需要一种现代的传播语言作为连接桥梁。而这样的传播语言既能展示传统文化的内容,又能有效地吸引当代人的关注,使中国元素在现代社会语境中真正地找到生存的土壤。

如果说BBS时代游戏玩家给音乐填词是业余爱好,周杰伦的国风歌曲是流行音乐革命,"女频"国风网络文学是精准分众消费,国风类型综艺节目的开发是节目创新,那么,近两年来的一些代表性国风内容则可谓假日经济和事件营销引发的传播爆炸。其爆点正是借助传统节日怀旧、回归、团圆的独特氛围，以提供精品力作为旨归，让国风舞蹈节目和晚会在数字技术的支持下"动起来"和"活起来"。并且，主创们还主动把节目制作过程和背景当成事件营销，引起观众情感上的共鸣。这也成为一种让传统文化重现生命力的高效传播模式。

总体来看，当下国风内容的火爆是由三个意识促成的：一是精品意识，二是传播意识，三是营销意识。这三重意识贯穿在节目制作的每个环节，我们看到，一方面，《洛神水赋》《唐宫夜宴》《只此青绿》等作品的艺术水准和文化深度不言而喻，贯穿华夏千年文明脉络的全新舞蹈气韵生动，助推传统文化实现多圈层深度渗透——它们出道即巅峰，并将成为经典。另一方面，从制作方透露的创作过程来看，节目自策划之初即以精品打造，除了富有美感与历史风韵的舞蹈，还重视呈现与之相关的历史故事、艺术技巧、服饰礼仪等硬核知识。前台的呈现和后台的故事结合，在观众（用户）的需求基础上延伸出关联功能和品牌价值，体现出巨大的市场能量。

三

国风内容作品和产品更为显著的特征是，传播优秀传统文化精神，实现其文化诉求。学者本雅明说，文化传输要经历从

"遴选"到"转义"再到"输出"的过程，这恰恰是国风内容创作生产一以贯之的路径。

国风内容所依靠的"传统"，不仅是在中华大地上流传下来的思想、艺术、制度等符号元素和文化内涵，更是在社会发展中不断吸收的新鲜的内容，以适应现代传播体系的创新继承，所以，需要重构其形态。与此同时，中国综合国力和国际影响力的日益提升，使得我们在国际社会交往中需要更好地展示自己独特的文化涵养，获得文化认同。在此社会语境下，尊重自己的文化传统，在历史文脉中找寻民族文化的基因，再现和构建中国文化身份显得必要而紧迫。这是社会发展的内在文化诉求，也是国风内容创作生产的意义。

传统文化中蕴含的价值观，在促进民族凝聚力产生的同时，带来巨大的群聚效应与传播效果，这也必然会对那些带有普遍共同价值的传统文化创新转化产品产生宣传作用，并进一步推动传统文化创意产业的发展。如《国家宝藏》《我在故宫修文物》《上元千灯会》等节目，正是得益于节目所表达的价值观获得了受众的情感认同和共鸣，被受众自发地积极地转发，衍生的文创产品也火爆全网。由节目引发的内容和话题席卷各网络平台，掀起了一次次的国风话题讨论热潮。而今，旅游、游戏等产业也越来越多地与传统文化相结合。各大平台开始相关文化产业的布局，其中的一个典型案例是故宫与腾讯的"文化+科技"合作，助力优秀传统文化"活起来"。

我们看到，国风火了；我们更希冀，国风的火不只是一阵风。

国风文化在当下热起来，除了国家的引导、民族自身文化认同的需要等文化诉求因素外，互联网时代下的数字化传播手段的发力，是使其火爆的一个重要因素。不过，国风文化能否走出粉丝圈层，真正引领大众文化，成为共有文化和个性自我的表征，还需要更多优秀作品和产品的支撑、传播和营销手段的运用，以及时间的检验。

元宇宙新体验　培育创新生态模式路宽且长

宣学君　李　毅

今年，一年一度的ChinaJoy（中国国际数码互动娱乐展览会）首次转战线上，通过元宇宙数字世界举办。作为国内数字娱乐领域发展的风向标，ChinaJoy继续以科技助推数字娱乐新体验，是对元宇宙实际应用的一次探索，也是对商家与大众消费行为的一次测试。疫情在给展览、展馆、博物馆带来限制的同时，也加速了虚拟平台的发展，以及对新模式的探索。

ChinaJoy元宇宙线上展尝试推出一个开放的虚拟世界与新的玩法，构建类似赛博城市的会议中心、灵境藏馆等数字主城区与主题展区。线上展的设计相较于线下具有更多可塑性，从视觉到布局都有更多自由发挥的余地。每个人都可以在其虚拟世界中拥有一个"化身"，使用虚拟形象与朋友组队看展、做任务、收集各类数字藏品，并可通过传送门到达各个展区。这是元宇宙数字应用场景实现游览、社交与消费应用的又一个案例。

当然，与众多元宇宙产品所呈现的一样，该活动还是以传统的线下模式孪生为雏形进行交互体验、游戏玩法的集合，展陈的本质还是美术馆"画框"模式附以图片、视频与外链为主。虽然虚拟世界的规模扩大了，但互动玩法与功能逻辑、虚拟形象系统与社交功能等方面尚存在比较大的想象和开发空间，其与人们想象中的元宇宙还有些出入。不过，我们必须看到，平台通过虚拟与现实融合的交互体验主动地打破空间界限，这一方式仍是有益的尝试。并且，随着场景和内容的不断开拓与迭代，此方式将会给用户带来更优的感受。

数字时代的大航海

尽管元宇宙尚处在理论与实践上的定义期，众多产品仍在延续互联网的社交与游戏模式，但作为未来虚拟世界和现实社会交互的交会平台，它是数字经济新的表现形态，未来的想象空间巨大。或许，这个时代正需要一次数字世界的大航海，来探索数字文明发展的可能性和潜在资源。

近两年来，元宇宙相关主题的生态联盟、产业基地、研究中心层出不穷，众多巨头公司也投入力量布局元宇宙，热度持续攀升，话题度与关注度屡创新高。2022年7月8日，上海市政府发布《上海市培育"元宇宙"新赛道行动方案（2022—2025

年）》，这颇具开启新征程扬帆起航的意味。该方案提出将坚持虚实结合、以虚强实的价值导向，体现了上海推动元宇宙更好赋能经济、生活，治理数字化转型方面的布局，从政策上强化新赛道，培育壮大发展新动能，更好助力上海国际数字之都的建设思路。方案寄托了大家对未来的想象、对科技的渴望，明确了以尊重规律、联动发展、价值引领、市场主导、包容审慎为主的基本原则。

疫情背景下，元宇宙概念的产品层出不穷，展开了对虚拟世界的各式畅想与描绘，体验形式上也日益创新。但作为元宇宙的初代尝试，也正在经历一个试错的过程，受限于数字技术与设备承载，现阶段或许终端上的感受缺少了一些厚重感与沉浸感，牺牲了一些线下活动所独具的氛围感与社交功能，数字视觉效果也不如线下展来得震撼。总体上，对比现实世界，元宇宙层面观展的割裂感还无法逾越，但是，它代表着新的数字应用场景的大门已为我们开启。

如何进行图像的再创造与开发，如何利用新的数字技术、新的模式、新的应用生态来营造一个可能的世界、一个更加体系化的场景，亟待我们继续尝试与探索。当下元宇宙既有产业生态基础欠缺的问题，也存在人才不足的短板，要筑就产业建设的高地，实现数字业态的升级与虚实融合的发展，培育出创新的生态模式，还有很长的路要走。

需要多方面的提升

从新的网络社会形态构建和广义的游戏来看，元宇宙应该让人成为生产者，而不只是消费者。元宇宙作为一个超级数字应用场景，并非简单的网络升级，而是一次全新的重构，但目前许多产品依旧把用户当作单纯的消费者来对待，这在用户创造内容的时代是不合时宜的。未来，元宇宙需要在内容、技术、生态、合规等诸多方面进行提升。

首先，虚拟世界的生产关系与运行结构还比较初级。从游戏视角来说，世界观与玩法是核心，而目前还只有模糊的轮廓。大部分数字世界在构建上还处于对孪生世界的模拟，信息内容的呈现也有待更为立体，需要更多泛在的入口方便大家进入。新的网络社会形态构建，需要一个思辨升级、技术迭代的长期过程。

其次，数字世界的美好图景需要有落地、务实的内容慢慢沉淀。目前，虚拟世界的身临其境感还远未达到，更别提感同身受与新感性内容的创造。元宇宙中的五感相通，既需要硬件、软件的相通与转化，还需要内容的深层关联，这是一个共享、共创、共生的过程，内容的选题、策划和创作生产是必要环节。如今，信息的爆炸充斥着太多的喧嚣，也带来感受力的贫乏，内生创造力的不足容易导致想象力的减弱，与此同时，人们对沉浸式体验的要求却会愈加多样。

再者，确保算力与数据安全是发展元宇宙面临的重大挑战。我们需要足够的技术与资源去满足每个人的创造欲望，在从实到虚，再从虚到实的无障碍感知过程中，人们可以通过网络与人工智能的帮助去操控物理空间中的机器，从而跨越空间、跨越时间，去实现更多现在难以想象的事情。此时，群智赋能、跨界融合才能实现跳变和跃迁，激发多元主体的想象力和创造力，实现在前沿技术的突破和前瞻领域的布局。

最后，任何新鲜事物出现伊始，都可能存在泡沫与炒作，元宇宙也未能避免。就像当年VR的火热，如今的元宇宙也热力十足，这也吸引了一些投机者。或许当泡沫被挤出，留下的才是真爱，才能更好地保障产业健康有序地发展。

关于元宇宙，我们乐见大家尽情地对其释放想象与诉求，迎来各式各样的新奇产品，共同探寻新的玩法与机制。就像虚拟音乐嘉年华、沉浸影像节、上海科技节上诺贝尔化学奖得主迈克尔·莱维特的全息投影方式的演讲等，都在不断丰富我们的应用场景，ChinaJoy元宇宙线上展也向人们展现了一个元宇宙世界的初体验，相信随着未来技术与思想的不断成熟，元宇宙将会为人们带来更佳的综合体验。而在今天，我们需要为其构建合适发展的土壤，从启蒙到应用的各个环节，去影响内容生产和场景拓展，去发掘新的身心体验，去探索现象背后不变的东西。

关于元宇宙以及其发展，还远未有明晰的产业图景和理论界定。不管未来元宇宙何去何从，它肯定代表着一种新的可能，也肯定不是未来的全部，却预示着对未来的美好想象。或许踩着草地，迎着热浪，才是触摸生活的真实；或许怀揣梦想的众生，要的不是元宇宙，而是一种新的可能。但假如我们不把头伸进去张望，就永远无法理解这个新的可能世界。

中国网络剧的逻辑与创新

欧阳月姣

今年,国家广播电视总局对网络剧片正式发放行政许可,包括网络剧、网络微短剧、网络电影、网络动画片等在内的国产重点网络剧片上线播出时,使用统一的"网标"。从过去的备案登记制到如今的持证播出,"网标"的出现见证着一种发展与变化:"互联网技术和新媒体改变了文艺形态,催生了一大批新的文艺类型,也带来文艺观念和文艺实践的深刻变化。近年来,我国网络文艺蓬勃发展,产业规模迅速扩大,创作生态不断优化,用户数量显著增长。"

不再是"闭门造车"

在2014年以前,网络剧还处于粗糙的原生态阶段,当时也被称为网络自制剧。即以网络为载体,通过网络平台或在各互联网链接的终端进行播放的,由视频网站独立或与影视公司合作、网络受众为主体、结合传统电视剧的制作方式所制作的网络文艺作品。

所谓"自制",在今天通常指的是由爱奇艺、腾讯、优酷、芒果TV等几大平台出资、制作并在自家客户端播放的影视剧,与之相对的类型是"分账",即由个人、团队或其他制作方提供作品给这些平台,再按照一定比例分取收益。由于头部平台实力雄厚,自制剧通常品质更优。而在当年,"自制"主要是相对于传统影视剧创作而言,给人以粗制滥造的不佳印象。即便是其中的优秀之作,例如最近因再次上架B站而引发补剧热潮的《毛骗》第一季(2010年),剧情层面被网友戏称为"一根冰棍的钱做出了哈根达斯",但还是因为小成本、业余演技和充满塑料感的服化道劝退不少观众。

当发现爆款网络剧是获取流量的密码之后,各大流媒体平台开始加大投入力度,如2014年总计推出超过200部网络剧,较前一年增幅高达300%,因此那年也被称为"中国网络剧元年"。至2020年为止,网络剧数量每年都维持在300部左右,争取做出爆款以博人眼球是主要目标。借助大数据对用户群体的精准分析,网络剧的制作完全不同于传统影视剧"闭门造车"的老习惯,在选剧本、选角乃至广告投放方面都十分重视用户反馈,并且在制作过程中就能进行调整来适应需求。于是,网络剧经常会选择同样带有网生属性并已经积攒了一定人气的网络文学作为剧本,以粉丝众多的流量明星为主角,诞生了大量的IP改编剧。近年来的爆款网络剧，如《庆余年》《长安十二时辰》《你是我的荣耀》等，都是上述逻辑下的产物。

为观众喜好量身定制，也使网络剧的细分类型化越来越成熟，在当下既受欢迎也获成功的题材类型主要是悬疑、古偶、玄幻、都市爱情，除悬疑外，其他几类明显对标女性市场，在叙事类型上又形成了甜宠、大女主等流行套路。《2021中国网络视听发展研究报告》特别聚焦了"她"潜力，当平台意识到女性更易产生交互行为、贡献流量时，继续细分女性观众的口味、创作更多贴合不同女性群体心理的叙事类型，将是大势所趋。

影视剧交互逻辑已改变

随着类型化的成熟和制作上的专业化、精品化，网络剧与台播剧在当下可谓平分秋色。不过，这并不意味着网络剧单方面向传统影视剧靠拢，事实上这些年来，网络剧已多多少少改变了影视剧制作、传播、观看的底层逻辑。

传统影视作品，特别是电视剧，原本就是针对大众的文化工业产品，网络剧则尽可能地把这一特征发挥到了极致，除了上述的IP改编、流量明星、细分类型化之外，最重要的是参与构造了一个与现实生活密切交互的虚拟空间。在过去，传统影视剧往往是"摹仿"现实，在叙事上重视情节完整性和人物形象塑造的丰满度，看起来十分"真实"，不过观众也都清楚那是一个个平行的幻想世界,是每天暂时脱离日常生活、沉浸在现实主义叙事幻觉中的一两个小时。而在网络剧之中,剧情或人物形象的真实感不再那么重要,相反,提供高度符号化的、可供快速辨认的类型化的快感才是关键。有没有"梗"、CP好不好"嗑"、自己支持的明星有没有拿到足够的"番位"、播放量能不能力压对家同期竞品等,大多数时候都超过了对网络剧内容本身的关注。事实上,网络剧相较于传统影视剧的沉浸感是减弱的,而观众的参与度却发生了质的改变。

与其说在讲故事,倒不如说网络剧为观众提供了表达情绪和意见的素材。虽然早在20世纪末,亨利·詹金斯就以"文本盗猎"来形容观众对影视剧的创造性参与行为——主要是制作同人视频、写同人文等,不过这也需要在影视剧播出和观看之后才能有所反馈。网络剧时代的"盗猎"行为显然具有即时性乃至超前性的特征。"弹幕"文化可以说是即时性的代表,在特定的时间点出现的评论带给观众一种同时观看的错觉,而且有时比剧情本身更有趣,导致不少人不佐着弹幕都看不下剧。此外,在网络剧的宣发阶段,粉丝或平台方就已经开始不断地放出路透、制作话题冲微博热榜,在播放过程中截取"高光时刻"、进行二创剪辑,还包括在播放系统中设置"只看TA""倍速播放",实际上都是为观众更快地筛选素材、参与话题提供了方便。显著的变化是,观众的参与已不再纯粹和自主,因为平台方经常会利用此种高参与度来扩大宣传,但有时也会造成舆论反噬。

网络剧可控制速率又可随时暂停和重放的播放特点，也在快餐式的消费之外，创造了"N刷"的现象。这种情况多出自有一定理解难度、需要"盘逻辑"的悬疑剧，例如火出圈的《隐秘的角落》，就有网友通过反复观看、截图分析，甚至从短暂的音画分离中解读出除了黑化的朱朝阳以外另外两名同伴均已死亡的"隐藏结局"。也有用"列文虎克"（网络流行语，指观察得非常仔细）来形容对剧集进行显微镜式观看的行为，这种情形较多发生在线上重播的经典影视剧身上，例如在优酷平台重播的《甄嬛传》，在10年后的今天仍然能够保持相当热度，甚至衍生出了"嬛学"，不得不归功于网友的"N刷"和细节考据癖。这也使平台并不完全忽视内容的力量，即便背后仍然是流量的逻辑。

形式创新仍是原动力

在网络剧获得传统奖项，以及"网标"的诞生赋予其正式身份之后，人们普遍认为网络剧将走向"内容为王"的更加精品化的方向。而网络剧要维持活力，最重要的是形式创新的能力。

过去多年，网络剧之所以能长足发展，正是因为追踪和挖掘了互联网时代年轻观众的喜好与需求，能够把网络原生内容与新兴商业模式和既有的成熟影视类型相结合。从《2021中国网络视听发展研究报告》来看，现阶段的网络剧面临的一大挑战是来自短视频的冲击。截至2020年底，短视频的用户规模已达8.73亿，占领34.1%的网络视听市场，超出综合视频（包括网络剧、网络电影、网络动画、网络综艺、其他网播内容等）的7.04亿用户规模和19.8%的市场占有率，在同期增幅方面更是来势汹汹。2021年4月，爱奇艺、腾讯、优酷等还发布联合声明，反对短视频平台对自家内容的二创侵权行为，开启集体防御模式。过去被视作引流资源的短视频，开始让长视频平台感受到危机。

在此形势下，网络剧也进行了一些形式创新的探索。例如，在短视频占领市场之前，其常用的竖屏形式就已经被借用至网络剧的制作中。2018年爱奇艺推出了自制竖屏剧《生活对我下手了》，单集2至5分钟的长度呈现一个生活化的搞笑段子，并采用了上滑换集的触屏手势。另一种新类型是互动剧，如爱奇艺出品的《他的微笑》（2019年）和腾讯出品的《拳拳四重奏》（2020年），在观看过程中可以通过触发不同选项而进入剧情分支、达成多重结局，甚至还加入了音游的点击元素。还出现了在交互模式方面增强用户体验的实验，如古装小甜剧《祝卿好》（2022年）在剧情进行到男女主人公心动的时候，观剧的手机也会随之震动。当然，以上尝试尚远远谈不上成功，仅仅是提供了一些多样化的可能。

网络剧片发行许可证的上线，明确了下一阶段网络视听内容的努力方向。如北京大学电视研究中心副主任吕帆所言："新的政策环境对网络文艺创作提出了更高要求，更需要创作者坚持以人民为中心的价值导向，聚焦新时代史诗般的伟大实践，为时代立传、为时代明德，以更多深刻反映时代变迁、描绘人民精神图谱的精品力作，让网络上的影视花园百花争艳、生意盎然。"对不断在平衡中探索创新性的网络剧而言，一方面，在内容质量上不断地向台播剧和经典化的影视作品靠拢；另一方面，在形式上也要持续吸收更具先锋性的网络原生内容及其形式表达，多多尝试融合其他媒介的叙事特征。如此，才能更好地贴近时代诉求、保持发展活力。

当代语境下的博物馆"中国叙事"

诸诣

"疫情之下,博物馆有力量吗?""有。""那如果博物馆闭馆了呢?""依然有。"前不久,中国国家博物馆的官方公众号有一段"宣言"。疫情期间,国博与许多地方博物馆一样,"闭门"但不"谢客",将阵地由展厅转移到线上。

中国的博物馆的功能正在发生潜移默化的变化,国博的"宣言"正是一大例证。博物馆不仅是中国历史的保存者和记录者,也是当代中国发展的见证者和参与者。各家博物馆利用独特的馆藏文物资源,发挥各自的优势,将中国叙事引入一场场线上或线下展览,以此弘扬中国文化、讲述中国故事。有人说,博物馆见证着一段历史的辉煌,更流传着文化与文明的火种。从这个意义上说,散落在万里神州的各色博物馆,便是上下五千年历史文化的在场叙事,是源远流长中华文明的悠扬传唱。

文物沉默不语,深藏文明的奥秘

"让文物说话""讲好中国故事"是当代博物馆展览叙事的重中之重。一件文物身上的器型、纹饰、铭文、组合方式等诸多细节,以及它从制作完成到流传四方再到进入博物馆的整个过程,无不具有研究价值,无不在向今天的人们诉说其所蕴含的历史传承、地域文化、民族精神和文明交流等。文物沉默不语,博物馆和文物工作者充当"翻译家",把其深藏的奥秘一一转述给观众。

以上海博物馆近两年受欢迎的文物展览为例,它们均以文物研究为基础,而为了保证展览意境的构建,策展人需对文物有精准深入的认知与阐释,包括文物展品的级别、保存情况、主要价值以及相关出土报告、文献典籍、最新的考古发现等。这种学术支撑决定了展览的深度与广度,也成为我们文化自信的一个历史依据。

今年2月闭幕的"汉淮传奇:噩国青铜器精粹展"上展陈了一件"噩侯壶"。这件文物虽然其貌不扬,但展览告诉我们,其出土地点与铭文可能揭示了有关噩国历史的千古谜团。以往,人们只知道商纣王时噩侯位列三公,及西周晚期噩侯驭方因叛乱被周王诛杀,直到考古学家在南阳夏饷铺发现出土此壶的噩侯家族墓地,才了解到噩国并未因此灭国。壶上的铭文"噩侯乍(作)孟姬媵壶",从先秦男子称氏、女子称姓的规律中可以推断,孟姬与其父亲(即噩侯)的姓氏为"姬",即周代王室成员之姓。其他考古证据反映西周早期噩国位于随州一带,且噩侯为"姬"姓,此壶的存在很可能说明周王在诛灭驭方后,曾将噩国北迁并交由亲属统治。可以说,这场首次聚集从西周早期至春秋早期的噩国青铜器的展览,以文物为载体、铭文内容作经纬,层层揭秘、娓娓道来,还原了噩国的历史面貌,为了解噩国地理位置与历史发展等问题提供了新的线索。

持续半年的网红展览"万年长春:上海历代书画艺术特展"里,有一幅颇具南宋院体风格的花鸟画,为元代任仁发所作的《秋水凫鹥图轴》。阅读说明牌,人们会惊喜于作者的身世所反映出的上海地域文化。首先,任仁发家族墓地位于青浦重固镇,即福泉山遗址所在的镇子。如果说4800年前良渚文化的统治中心位于杭州瓶窑,那福泉山称得上是其"次中心"。其次,任仁发出生于繁荣的唐宋名镇青龙镇,上海的对外贸易和作为港口城市的发端正始于中古时期的青龙镇。最后,任仁发还是位水利专家。今已在原址建成博物馆的志丹苑元代水闸,就是他主持修建的。这无疑见证了上海当年先进的水利工程技术、发达的内河航运业。

"东西汇融:中欧陶瓷与文化交流特展"序厅呈现的三件文物,则开门见山地指出了16世纪中西交流的三种主要途径:外交、旅行、商贸。其中最具传奇色彩的当属一件明代永乐时期的景德镇窑"青花缠枝牡丹纹执壶"。语音导览详细介绍了其流传经过——它见证过中国与中东的交往，又一度联结起了中东与欧洲。这件典型的官窑产品，曾随郑和下西洋的船队到达阿拉伯地区，作为外交礼物赠予外邦。1547年，它再次被奥斯曼帝国当作外交礼物，送给法兰西国王亨利二世。当时只有极少数的中国瓷器能够到达欧洲，这也反映出中欧直接贸易成熟之前中国瓷器的珍稀程度。

可见，中国古代文物作为中华文明真实可信的物质载体，既是历史进程中多元文明共生并进、交融互鉴的实物证据，也为今天不同文明之间通过对话增进理解与信任提供了可能。

陈列环境创新，找回缺失的语境

传播文物的文化内涵与艺术价值，是博物馆展览活动的核心。为了凸显文物蕴藏的魅力，使观众的注意力集中到重要展品上，博物馆往往会重点陈列某几件文物，有时会使用中心柜，有时会为某几件珍贵文物特设展厅。

做法最为特殊的大概是扬州博物馆。博物馆里近200平方米的国宝厅，完全围绕着"元霁蓝釉白龙纹梅瓶"这一件展品，并在周围增加了梅瓶演变、龙纹演变、存世品对比等相关内容，充分阐发其内涵。与此截然不同的是另一种文物展陈方式。在南京博物院历史馆各时期展厅的一角，都设有一个特殊陈列室，空间虽小，但会让踏入其间的参观者感受到排山倒海般的气势——两侧玻璃展柜从地板直通吊顶，展柜每层隔板上都见缝插针密集摆放着那个时期最为常见的日用器，使人不禁感慨中国历史之厚重、遗存之丰富。

然而，陈列在博物馆里的文物毕竟脱离了它们所处的时代背景，许多历史信息也随之湮灭，如器物的功能、摆放位置等，这会给观众的欣赏与解读造成一定的困难。为了尽可能还原这种缺失的语境，如今的博物馆都尽力在陈列环境中寻求突破口，如在陈列相关文物时复原其使用场景，或还原其出土情况等。前者如吴文化博物馆在"吴楚之战"单元中，在兵器类文物四周放上了残破的车轮甲胄、缚柄的戈戟等，甚至天顶上都布满了整齐向前射去的箭支，清晰地展示了古代战争中兵器的使用场景与方法。后者如山西博物院在"丧葬器"单元中复原的晋侯8号墓，通过观察玉组佩、玉覆面在墓室中的位置，观众会立刻明白西周玉器的组合关系。除了传统的物理手段，多媒体等新形式与新手段近年来也愈加频繁地出现在博物馆展陈中，如扬州中国大运河博物馆设置了多处可以让观众互动体验的展厅和展项，甚至还结合了当下热门的密室游戏打造了"大明都水监之运河迷踪"展厅，让观众身临其境体验，进而加深对文物和历史的认知。

利用文物"讲好中国故事"的创意还不止于此。许多地方为保护已发掘的遗址或展示发掘成果，在遗址上修建了遗址博物馆。在那里，文物不再是孤立的个体，而与其所处的历史环境融为一体。如洛阳古代艺术博物馆中的历代墓葬区搬迁复原了西汉至宋的25座典型墓葬，并在陈列中复原了文物出土时的位置。更为特殊的是广东海上丝绸之路博物馆。观众在参观展厅之余，可以近距离观察考古人员对"南海一号"的现场发掘、研究过程，亲眼看见约20万件文物当初是如何被打包装载上这艘宋代商贸海船，体会考古现场带来的震撼。

　　正是借助展览的种种叙事环境，文物包含的信息甚至不需要文字的堆砌、图版的解释，本身的魅力便不着痕迹地展示出来，并牵引住观众对于文物的情感与注意力，加深两者间的文化连接。古老的博物馆不仅在诉说历史，也在唱着时代的歌谣，因为"活起来"的文物正与当下的目光、心灵不断发生着美妙的连接。并且，如评论者所言："而在当代国情与语境中，如何利用中国叙事，在文物展览中讲好五千年文明不间断的中国故事，塑造可信、可爱、可敬的中国形象，传承博大精深的中国智慧，启发人民的文化自觉意识，可能仍然是目前中国博物馆人应该思考的问题。"

剧本杀电影与剧本杀的双向奔赴

郭 梅

大麦剧本杀业务上线一个月后,平台对外披露业务布局:未来一年,大麦平台将在全国培育1万家精品店铺,覆盖市场80%合规剧本杀IP。

艾媒咨询数据显示,2020年国内剧本杀行业市场规模达117.4亿元,到2022年剧本杀行业市场规模将增至238.9亿元。剧本杀成为年轻人休闲娱乐的新潮流。它根据某一特定的密闭场景,给玩家分配不同的剧本,每个人表演自己的剧本内容并进行推理观察。其剧情、规则、发展路径以及玩家在故事里的宿命都是固定的,一个人完成了其剧情任务就会通过"死亡"退场。而持解密剧本者的使命就是通过推理和细节勘测,推断出谁是持凶手剧本的,并将整个故事的全貌一层层拼凑起来,最终得出结论。剧本杀的表现形式多种多样,因其沉浸式、高参与度的体验,社交互动的属性和跌宕起伏的情绪模式,近年来风靡于年轻人群体之中。

在此背景下，剧本杀电影应运而生。它打着沉浸感、代入感的旗号，以某一固定且无法逃脱的场景下发生的一系列事件为主线，将不同立场、身份和地位的人聚于一堂，在剧情发展中逐层对人物动机、行为和角色担当进行解析，从而达到脱离这个固定场景的目的。毫无疑问，剧本杀电影这一概念是迎合市场需求的产物。那么，剧本杀电影和剧本杀，是名实不符的炒作"炫技"行为，还是互利共赢的双向奔赴？剧本杀电影的未来通向何方？纵观二者各自的发展历程，我们或许能探知一二。

渊源已久的模式

剧本杀电影实质上脱胎于传统的"暴风雪山庄模式"。所谓"暴风雪山庄模式"又称"孤岛模式"，是指一群人被困在封闭环境里，如孤岛或暴风雪过境的山庄，既无法与外界联络，也无法离开，且不断有人离奇死亡的故事情境。在这一模式下，单一的环境，连续的恶性事件，人与人之间的互相猜忌与伤害，以及不到最后一刻不能揭晓、揭晓后又会令人大跌眼镜的重重谜团，"套娃"式地反复反转，伏笔的回扣和故事发展中的步步危机，牵扯着每一个局中人的命运，任何不确定性都可以左右整个故事的发展。由于某种宿命，或游戏既定规则的影响，从观众视角看，主人公被命运和身份所牵制，需做出极大努力才能打破规则、逃出生天。例如豆瓣评分8.8的高分电影、2003年出品的《致命ID》就以一个精神病患者的多重人格为背景，描述了11个人格在主人公体内的互相厮杀与淘汰，富有创意的背景设定和跌宕起伏的反转剧情，使影片成功获取了口碑与票房的双赢。还有《八面埋伏》(2004年)、《玩命记忆》(2006年)等亦均为该模式的代表作。显然，"暴风雪山庄模式"就是剧本杀电影的母胎。

需要注意的是，这种解密与探险并存的剧本结构已萌生和发展了较长时间，且其运行发展已成为母题化、套路化的经典模式。在此基础上，由于剧本杀游戏的流行，创作者们在实践中尝试将传统"暴风雪山庄模式"与游戏娱乐特色相结合，剧本杀电影由此呱呱坠地。

近年来，随着剧本杀这一"舶来品"在国内成为一种蓬勃发展的新生娱乐形式，剧本杀电影的呼声也越来越高。总体说来，剧本杀电影是依托国内受众的喜好与价值取向，进行本土化娱乐化调整的一种电影模式。

立足未稳的探索

脱胎于"暴风雪山庄模式"而又顺应时代潮流独立发展，剧本杀电影如今在国内可谓方兴未艾。不过，近年来的剧本杀电影大部分雷声大雨点小，制作精良且票房口碑相对双收如《扬名立万》（2021年）者只是凤毛麟角，而更多以剧本杀为噱头的影片则往往重口号、轻制作，评分不温不火，票房亦不乐观。究其缘由，有剧本质量的问题，更有营销方面不成熟的因素。

剧本杀游戏的消费主体是年轻人。在"暴风雪山庄模式"的加持下，国外同类型电影营销往往直接祭起悬疑解密的法宝，是因其文化消费市场早就培养起了固定的受众群。而我国的剧本杀电影尚属新事物，观影群体不稳定、发展前路不明朗，许多观众对这一电影类型的定义尚不熟悉甚至缺乏认知基础，难免还有某种陌生感或距离感。显然，当下的剧本杀电影还处于大众化的进程之中，距离得到影迷群体的充分认知、了解和接受，尚任重而道远。

毋庸置疑，剧本杀电影的核心是"剧本"。观影感知的主体是"代入感"和"沉浸感"，具体表现为跌宕起伏的第一人称代入和解密体验，说白了便是"既有趣又烧脑"，观众可以在观影过程中得到感官与精神的刺激，获得揭开谜底的成就感。因此，和史上所有的优秀电影作品一样，优秀的剧本同样是保证剧本杀电影成功的首要条件。而缺乏成熟和高完成度的剧本，是目前剧本杀电影的一大短板。部分作品徒有其表，主题和世界观都未曾叙述清楚，导致观众无法对故事的背景和发展路径产生明确的认知，观影体验自然会打折扣。

此外，缺乏恰当的营销手段是另一短板。由于剧本杀电影在特定时期内的新生特质，普及观众对它的认知是营销的首要基础工作。目前，我国部分剧本杀电影的营销往往过度消费剧本杀所带来的流量红利，避重就轻，而缺乏令受众眼前一亮的巧劲，以及对时代潮流恰到好处的顺应。宣发手段也常止步于传统的线上媒介与线下的海报投放，能对故事类型进行详细科普的案例则少之又少。换言之，观众被告知了这叫作"剧本杀电影"，却尚不确知何为"剧本杀电影"，于是不免仍有所疑惑和疏离，这造成了相当一部分观影者的流失。

必须强调的是，剧本杀电影和剧本杀的本质是不同的——剧本杀有第一人称扮演角色的体验感，而剧本杀电影对于观众而言，更像以上帝视角观看局中人的"困兽之斗"，缺乏身临其境的感觉。困兽之斗的目的是什么？困住他们的"山庄"代表什么？是为了逃生而逃生，还是另有目的？与主观探索、分支汇聚的剧本杀不同，明晰的主线与动机是剧本杀电影首先要阐明的问题——让观众在观影过程中"有东西看"，并逐步熟稔影片的基本设定与模式。

相对而言，《扬名立万》是一个较成功的案例。全片融合剧本杀模式和出品公司万合天宜一贯以穿越、戏说为主的喜剧风格，在欢乐与惊吓的解密过程背后探讨电影的意义、价值。主创们演了一出戏中戏，把对电影本身的认知、对艺术的理解和对从业者的思考一并融合。影片立意颇有深度，刺激之余留给观众更多反思和遐想的空间，而并非强行、肤浅的反转。

《扬名立万》之前的《秘密访客》（2021年）也在这方面进行了有益的尝试。该片剧情披着悬疑的外衣，却剑指社会家庭问题，探讨"家"这一观念对人的不同层面的意义。在片中人物一层层解开迷雾、走出这个迷宫般家庭的背后，实际上是影片对于家庭给人约束、牵制等负面内容的深入思考。即以奇幻的方式，把主角的支线汇聚到一起，在揭开故事面纱的同时反映了情感上的冲突与无奈。影片中的生存法则围绕郭富城饰演的汪先生展开，而被困的访客实际上映射了某种传统家长制度对于家庭成员人身自由的无形限制——有人竭力束缚，有人奋力逃脱，这不仅仅是实体上的家，更是心理上的障碍。这种将剧本杀和历史社会现实相结合的创作模式，在深入打磨剧本、用心塑造人物方面迈出了可喜的一步。

尽管，新生的剧本杀电影目前在制作、宣发方面仍处于探索与实验的阶段，未来还有很长的路要走，但是，当下的每一份用心与努力都不会是无意义的。

搭上新科技的快车

结合悬疑片的发展历史，加之近来剧本杀电影模式的成功案例，可以认为剧本杀电影本身并非剧本杀的附加产物，而是并不算太新奇的一个电影模式，只是依靠在年轻人中受欢迎的剧本杀这一概念而得到了大众化。因此，剧本杀电影在未来的发展道路上，完全可以脱离剧本杀这一定义的桎梏而独立发展，衍生出更多更富创意的作品。

例如，当代科技就是剧本杀电影可以进行探索的一条好途径。近年来，剧本杀结合AR开发出全新的游玩模式，如北京虚实科技公司致力于推行"AR剧本杀"游戏模式，"让游客在旅游景点借助实景与AR增强现实技术的结合玩一场剧本杀"。"到一个景点，打开手机镜头扫一扫二维码，屏幕上不仅有眼前的实景，还有由我们开发的AR虚拟化身担任的剧本杀主持人和NPC。在它们的引导下，开始一场剧本杀。"这种模式是否可以被剧本杀电影吸纳呢？随着时代的发展，3D、4D乃至球幕电影等前人眼中的新技术早已亮相于主流舞台，而AR作为更新潮的技术被电影人采用亦已进入试水阶段。剧本杀电影的体验感和主体性与AR技术颇相契合，不妨尝试结合AR技术率先推出新类型，用新潮且贴合年轻人的模式创造下一个观影热点。虽然，剧本杀的东风，为影视联动创造了新的可能性，但在套用剧本杀营销手段擦亮招牌的同时，剧本杀电影还应当拥有更高的格局，即结合新潮科技模式，创新制作和宣发手段，耐心打磨剧本，借惊奇有趣的情节揭示人性、社会等现实层面的更深内涵。

总之，剧本杀电影这种层层套环、视角多面化的剧情运行模式，以及母胎"暴风雪山庄模式"对于人物的"绝境"限制，能够深刻直观地展现人物的本性，非常适合从社会、艺术、人性等多个层面进行深入的探讨。因此，剧本杀和剧本杀电影既可以双向奔赴，又可以不仅限于双向奔赴。相似的名称之下，是不尽相同的来路，以及有交叉共通也有独立支线的归途。以优秀剧本为基础，依托作品类型特色进行适当的宣传营销，是剧本杀电影能真正叫好又叫座的关键一环。随着科技的不断进步，文化消费中科技的影响力亦将大大提升。未来的剧本杀电影要与剧本杀真正做到双向奔赴，夯实电影中的体验要素，搭准受众的脉搏，搭上当代新科技的快车，真正打通创作和营销的任督二脉，内外兼修，功到自然成。

2

绝妙的隐喻

重塑经典,可以是"有本"之"新本"
——观上海昆剧团全本《牡丹亭》三思

仲呈祥

一

欣闻上海昆剧团积多年之经验、扬本团之传统、集全团之优势,邀著名导演郭小男执导,由年轻一代优秀演员罗晨雪、胡维露担纲主演,用心、用情、用力、用功地把享有世界声誉的堪称"戏曲文学《红楼梦》"的汤显祖经典作品《牡丹亭》55出全本,首次完整地搬上了舞台,喜极不顾疫情风险而飞沪学习观赏。连续三场演出共计8小时,先睹为快,收获满满,启示多多。返京机上,速记心得体会。

这是一次非比寻常、具有独特意义的演出。毋庸置疑,戏曲艺术须为时代画像、立传、明德,须热情讴歌英模人物以引领世风,须为凡人传神写貌以抒写民心民情,须谱写中国式现代化宏伟大业的颂歌以唱响时代主旋律。在这些方面,我们都取得了举世瞩目的骄人成绩。但是,毋庸讳言,文艺创作中也存在着不容忽视的题材雷同、风格单一的同质化甚至公式化倾向，严重影响了"二为方向"和"双百方针"以及"创造性转化、创新性发展"的全面贯彻执行。上昆全本《牡丹亭》的横空出世，以一种清醒的历史自觉和坚定的文化自信，给新时代的戏曲创作乃至整个文艺创作，吹来了一股用时代精神激活中华优秀传统文化的生命力、融合古代经典人文精神美学风范与现代人文思想及审美理念来重塑经典的创作新风。

在当今舞台上重塑全本《牡丹亭》，这在中国戏剧史上是前所未有的。习近平总书记关于深化"中华文明探源工程"的重要讲话中，强调要"增强历史自觉，坚定文化自信"。各领域各行业都是如此。欲使古老昆曲与时俱进，行稳致远，就必须深通其历史沿革，守正创新，繁荣发展。与西方莎士比亚比肩齐名的汤显祖的巨著《牡丹亭》，不仅是昆曲历史，也是中国戏曲文学史和世界戏剧文学史上的一座高峰和里程碑。而我们对老祖宗留下的这一古典名著遗产所蕴含的丰厚人文价值和精湛的美学意蕴，还缺乏探本溯源、钩沉史料、创造性地完整再现于当今舞台，并从中系统梳理、总结的成功实践。正是从这个意义上讲，上昆的全本《牡丹亭》，确实在敬畏经典、传承经典、以今人视角阐释经典，在实现古代经典的当代回归与创造性转化、创新性发展上，起到了示范作用。

二

上昆之所以在剧团的人才培养、剧目建设上能做到学习、领悟、贯彻"二为"方向、"双百"方针和"创造性转化、创新性发展"上有定力,是因为有一个坚定不移地"一是尊重艺术家,二是遵循艺术规律"的好班子。

且看全本《牡丹亭》强大的创作阵容,老一辈昆曲大家岳美缇、蔡正仁、张静娴、计镇华、刘异龙、张铭荣、李小平齐整整出任艺术指导,当红优秀中青年昆曲演员罗晨雪(饰杜丽娘)、胡维露(饰柳梦梅)、周亦敏(饰春香)、张伟伟(饰杜宝)、周娅丽(饰杜母)、袁彬(饰陈最良)、孙敬华(饰石道姑)……加上一流的剧本缩编、唱腔整理、作曲、舞美设计、灯光设计、服装设计,统一在导演郭小男的运筹帷幄下,真正体现了"一棵菜"精神。上昆作为中国昆曲最具实力的重镇之一,集"五班三代"之优势,实现《牡丹亭》这一古代戏曲经典资源的优化配置和创作生产力诸因素(缩编、导演、演员、音乐、舞美等)的优化组合,从而保障了全本《牡丹亭》高质量的艺术水准。

上昆团长兼全本《牡丹亭》出品人谷好好不仅是位好领导,也是一位好艺术家。她深情地说:"全本《牡丹亭》凝聚着上昆几代人对昆剧事业的执着和热爱,也是我们每个昆曲人的梦想和守望。"因此,她深刻认识到"演绎全本《牡丹亭》是一次浩

| 绝妙的隐喻

大的艺术工程",她要率领全团继承上昆建团40余年来对《牡丹亭》十多次演绎排演的经验,去实现一次全本"超越性的回归与创造",并"为当下一批行当齐全、文武兼备的优秀青年人才提供舞台实践机会"。她"期待这部青春靓丽的全本《牡丹亭》,能让青春满堂的新一代观众邂逅属于他们的'杜丽娘'和'柳梦梅'"。可以说,她"以今人视角,讲古典精粹"和培养行当齐全,尤其是当下奇缺的女小生的昆曲一代新人的两大目标,都通过全本《牡丹亭》的创排艺术实践,相当理想地得以实现。

当然,汤显祖的《牡丹亭》在今天才以全本55出的全新样貌由上昆完整呈现于舞台,这本身就证明了要让古代经典活起来,走向今天的广大观众,绝非易事。这里的关键,即导演郭小男言简意赅一语道破的艺术奥秘:要做到"旧中见新,新中见根"。此乃继承与创新的艺术辩证法之精髓。

如果一味死守400余年前汤翁剧作的"旧"样,不敢越雷池半步,只见旧而不见新,何言"两创"?

如果一味顺应时尚,"新"则"新"矣,但失却了汤翁原著典雅厚重的经典之"根",成为趋时的无本之木,虽"新"何用?

郭小男导演以出众的思想智慧与艺术才华,较为理想地令全本《牡丹亭》守住了汤翁原著深沉的历史品位与美学风范,同时又注入了新时代大众的审美精神和鉴赏情趣,赢得了昆曲老戏迷和新观众的情感共鸣和一致好评。剧目剔除了过去某些演绎本中过度渲染石道姑的某些封建糟粕和满台烧纸钱等迷信色彩，令全剧长达8小时的舞台，呈现得大气、大美、典雅、深沉，彰显了中华美学精神讲求的"托物言志，寓理于情"和"形神兼备，意境深远"，体现了"知、情、意、行"的统一。这非常难能可贵！

三

全本《牡丹亭》创作在艺术辩证思维上，也给我们带来许多有益的思考。

一是，在处理主要人物杜丽娘与柳梦梅的"情"与"志"即"爱情"与"爱国"的关系上，全剧由"牡丹亭"扩充到大社会，由杜、柳之爱情延伸到家国情怀，以感人的艺术魅力匡正了以往某些摘选演绎的《牡丹亭》剧作对汤翁原著的误解。

二是，在处理美学品相的典雅深沉与融入当今审美时尚的关系上，全本《牡丹亭》做出了许多可贵的努力，效果甚佳。我观剧时，上、中、下三本共8小时，观众们聚精会神，全场鸦雀无声，每一出末或精彩唱段末才掌声齐鸣。

三是，在处理传统昆曲一桌二椅的舞台设计与现代舞美设计的关系上，全本《牡丹亭》立足创新，既大大增强了舞台的美感，又有效地加快了叙事和每出戏转场的节奏感，还营造出诗情画意的深远意境，尤其是转台的巧妙运用，令人叫绝。

总之，在我看来，上昆的全本《牡丹亭》，是以新时代现代审美观重塑汤显祖经典剧作《牡丹亭》，是将现实主义精神与浪漫主义情怀相结合的，努力实现创造性转化与创新性发展的力作，再经加工，日臻精美，必将不仅成为上昆的响亮艺术品牌，还可在新时代中华优秀戏曲剧目史册上占有一席重要地位。

从《申声入耳》到声声入心

王小鹰

我国是戏曲大国,有三百多个剧种,流行于上海及杭州、苏州一带的滑稽戏便是其中独具特色的一种。它最显著的特色就是"笑",寻觅笑,凝"剧"笑,演绎笑,传送笑,因此被海内外广大观众誉为"笑的使者"。

前不久,笔者应滑稽名家王汝刚之邀,观看了《申声入耳——滑稽作品展演》。这场演出是庆祝上海人民滑稽剧团创建70周年暨上海独脚戏艺术传承中心晋五之禧,上海人民滑稽剧团五代演员济济一堂,轮番上场,个个展示独门绝技。观剧两个多小时,让笔者酣畅淋漓地过了一把"笑"瘾。

寻根觅踪,中华文明的源头就闪烁着星星点点的幽默之光。先秦诸子中,庄子、晏子、韩非子都是幽默大师,他们流传于后世的著作中,常常用机智诙谐的话语、揶揄讽刺的方式来阐述他们的哲学思考和主张。又如大文豪苏轼骨子里就有幽默的种子,正因为他幽默豁达的性格,在他流放海南儋州面对人生的最低谷时，依然能吟出"一蓑烟雨任平生""也无风雨也无晴"的词句。

再看滑稽戏演员的雏形，上可追溯到春秋战国时的俳优，其中最著名的是楚国艺人优孟。楚相孙叔敖死后，其子穷困潦倒。优孟就穿着孙叔敖的衣冠去见楚庄王，并模仿孙叔敖的动作神态，让楚庄王心有触动，便封了孙叔敖的儿子，由此留下了"优孟衣冠"的成语。宋元间杂剧兴起，元代剧作家郑廷玉的《看钱奴》比法国莫里哀的《悭吝人》早了好几百年，关汉卿的《救风尘》《望江亭》等剧中，揶揄世态人情，讽刺官场丑态，幽默元素珠玉纷呈。中华文明五千年的积淀，勾栏瓦肆、茶房酒馆，社会底层老百姓的智慧、乐天的精神，便是滑稽戏这个剧种得以如春草般更生更行更远的根基。

戏曲要在舞台上立得住，一是要有"戏"，即剧本，二是要有"技"，唱念做打，台上一分钟，台下十年功。

关于这场《申声入耳》展演，我觉得有必要罗列一下节目单：《火警电话》《疯狂的广告》《私家地铁》《邻舍隔壁》《我爱上海我的家》……看剧目名称，便知晓这场演出囊括了上海老百姓日常生活的方方面面，司空见惯的生活场景，耳熟能详的日常言语，弄堂里马路上来往的普通百姓，创作者要从这些普通得不能再普通的素材中，提炼出生活的逻辑和反逻辑的矛盾点，以漫画夸张的手法凝聚成笑点频出的作品，塑造一群有噱头、有温情、栩栩如生的小人物，这实在是需要独具慧眼的本事，细针密缕，披沙拣金。

小时候，我以为滑稽戏演员只要会搞笑即可，岂不知滑稽戏演员其实更需技高一筹。戏曲演员的"五功五法"样样要拿得出手。更有甚者，他们不仅要会唱一种戏曲，还要各方剧种都涉猎；不仅能说本地方言，还要天南海北方言都能朗朗上口。例如，《邻舍隔壁》中，77岁的蔡剑英一人饰演13个角色，这13个角色来自不同地方，说着不同方言，有着不同立场、不同职业、不同性格，演员一口气说下来，拿捏得条理清晰，不差毫厘。《数字越剧》中，84岁的方艳华一人演唱越剧十大流派。《我行我秀》中，姚祺儿、杨一笑的口技震惊全场，据说杂技中的口技演员可以借助含在口中的器具来发声，而滑稽戏演员则全凭自己唇舌发音，是真正的绝活。

传统老戏班里，每次开演前，都要由丑角演员领头向戏祖"老郎爷"行九叩礼。为什么要丑角领头呢？传说唐玄宗为了讨好杨贵妃，降旨让朝中三公大臣都来扮戏，余下一个叫"老郎爷"的角色没人愿扮，唐玄宗便脱下龙袍自己扮上了。正好檐前燕子飞过，屙了一堆白乎乎的屎，不偏不倚落在"老郎爷"鼻梁上，"老郎爷"随手一抹，抹成一个小白脸。这就是现今舞台上插科打诨的丑角的固定扮相，而丑角也成了众角之首。不过，这传说也让人产生误解，以为滑稽角色总是貌丑的，以致我看到上海人民滑稽剧团中生代演员潘前卫和陈靓，很怀疑他们能不能演滑稽戏，因为他们相貌太周正，又玉树临风的，横看竖看一点也不"滑稽"。在《申声入耳》展演中，两人搭档演出《我爱上海我的家》。这剧名像是一首抒情诗，他们上场也不做任何夸张的化妆，不料，一开口便是笑料，举手投足都能引动观众的开怀大笑。还有钱懿，外相憨厚和顺，出演《笨人大会串》中的笨人，慢慢吞吞、磨磨唧唧，却也让现场笑声频出。我这才领教了滑稽戏演员的功底深不可测，他们的笑感是从骨子里透出来的，真正理解了这"笑"的内涵是自然而然表达出来的。

　　压轴的是王汝刚、林锡彪两位"王小毛"联手演绎的独角戏《爱心》，这出戏曾荣获中国曲艺牡丹奖，我也曾在不同场合欣赏过三四遍了，但看着他们台上的精彩表演，仍抑制不住地笑。《爱心》表现的是希望工程办公室普通的一天，各方来电捐款捐物，王汝刚扮演的是电话那头的捐款人，一人饰多角，角色身份差异巨大，年龄不同、职业不同、性格不同、性别不同，王汝刚在瞬间转换角色，将各色人等刻画得入木三分。

　　《申声入耳》的演出，应该说是"申声入心"、声声入心的。笑定之后，令人沉思，引人深思，让人对社会、对人生、对人性或有茅塞顿开的醒悟。

为"大连环画"创作指明前行的方向

汪涌豪

一

上海是近现代中国连环画的发祥地。随着西方石印技术的传入、图书出版和印刷业的发展,源自明末清初章回小说中的"绣像"和"回回图"以新的形式得以复兴,加上以《点石斋画报》为代表的大批新画报、画刊的出现,上海乃至中国近代的连环画获得了再度出发的契机。1927年至1929年,上海世界书局推出改编自四大名著及《封神榜》《岳传》的长篇连环画,使得这一发展契机成为现实,连环画创作从此日趋繁荣和成熟。它此后的历史,知者甚多。简而言之,是与几个大师的名字联系在一起的。20世纪40年代是"四大名旦"——沈曼云、赵宏本、钱笑呆、陈光镒,"四小名旦"——赵三岛、笔如花、颜梅华、徐宏达;20世纪50年代则是顾炳鑫和刘继卣,人称"南顾北刘"。

新中国成立后在全国范围开展了一场旧连环画的改造运动。有鉴于过去时代连环画创作中普遍存在的历史局限，提出必须重新认识历史题材改编的问题，尤其对如何认识生活之于创作的重要性多有讨论。艺术上则要求克服形象刻画的公式化倾向，力求以更准确的细节描绘传达人物精神，并就如何继承传统、杜绝模仿、更好体现民族特色做了明确的强调。此后，"连环画原作展览会"在北京举办，所展出的作品题材、形式多样，思想性和艺术水平都有提高，从而推动20世纪60年代以后连环画创作再次趋于活跃，并迎来了以第一次全国连环画评奖为标志的新的创作高潮。贺友直及其《山乡巨变》正是际此大时代的风会走到了前台，并与赵宏本、钱笑呆的《三打白骨精》，刘继卣的《穷棒子扭转乾坤》《闹天宫》，华三川的《白毛女》和丁斌曾、韩和平的《铁道游击队》等一起，成为时代新的艺术标杆。

二

关于贺友直创作的种种及其所取得的成就、所享有的社会声誉等，许多研究都有论及，他本人也有回顾。这里要说的是，包括闻名界内的"纸上做戏"说和"四小"（小道具、小动物、小动作、小孩子）说在内，他毕生的创作经验与精华，从根本上说固然脱不开时代的影响，但能正确生动地反映生活，进而创造出足以代表一个时代的鲜活艺术，不能不说更与他不可复制的生活经历、气质才性和独到的艺术追求有关。说到底，是那种既尊重传统又无违个性的通达的主体认知，既知所取去又精进不已的圆通的人生智慧，以及崇尚自由的市民精神与守正敬业的匠人意识，才造就了他的连环画，赋予他方寸间的艺术以独特的个性和品质。

连环画的历史最早可以上溯到西周的青铜器纹饰，汉画像石无疑是它的萌芽，它所奠定的"以线造型"的艺术原则，以及由此造成的表现方式，赋予了此后中国画独到的面貌和秉性，线描可以说是其中重要且具标志性的一项。说起来，印度壁画、波斯细密画乃至日本的浮世绘都是以线条为主要造型手段的，但在东方绘画体系中，最重线尊线的不能不说还是中国画。由于中国画所表现的对象本身并不以线条为根本性的存在标志，这决定了它不以再现而只能以表现为职志，并将必然从写实走向写意。线条从形制上讲有长短、粗细、曲直、方圆之别，施用时又有浓淡、干湿、轻重、缓急、疏密、刚柔等区分。因其充满程式感的形式背后隐藏着画家的体物智慧与深邃情感，故构成了英国艺术评论家克莱夫·贝尔所说的"有意味的形式"。

三

贺友直对这样的传统素存敬畏之心，对中国美术史上擅长白描的大家更是由衷地敬佩。尤其魏晋南北朝以后，线描的体势变化经卫协、顾恺之、陆探微、张僧繇之手日渐走向风格化,并形成疏密二体。他们的画或巧密于情思,紧劲连绵如春蚕吐丝;或心敏手捷,须臾立成如流水行地,有的还能吸收草书笔法,笔画连绵不断,令人懔懔然若对神明。由此直贯而下,由李公麟到陈洪绶,尤其陈洪绶,画人物能上承李公麟而又夸张、变形之,特别注重对人物内心的揭示,结构把握上又非常注重眉须神色的变化,笔墨简练概括,内蕴丰厚深刻,更深深地吸引了他。基于中国画讲究笔墨,推崇"书画同源",他不止一次地说过"白描是我们中国绘画最基本的,技法最简单,也是最难的"这样的话。又基于如宋代的人物画创作,题材非常广泛,除了仕女、圣贤、僧道之外,田家、渔户、牧民、婴戏及历史故事都在其列,他描画的对象也丰富多元。

与此同时,贺友直更深谙真要继承传统并将之发扬光大,还得与自己的个性、趣味与长处相契合的道理。许多人但知道贺友直是名动一时的连环画家,上海人民美术出版社的创作员、编审和中央美术学院年画连环画系教授,而在他自己,贫苦出身,颠沛流离,小学文化程度,当过小工学徒、乡村教师和美术社画工的经历,让他从不故作高深,从不愿被人视作大家名家,更乐意以"凭手艺功夫吃饭"的"匠人"自居。如此安处在广大的人群中,过不脱离市井烟火的自在的生活,使得他坐得久板凳,忍得住寂寞,守得住自小热爱的艺术的初心,并时时迸发出从心所欲的浪漫天性，年愈高愈能以幽默甚至促狭的心态，饱看世事，咀嚼人性。从早期以文学改编为主，到后期的原创性风俗画创作，从为他带来巨大声誉、被推称为中国连环画史上里程碑式的杰作《山乡巨变》及《十五贯》《朝阳沟》，到还原老上海各行各业生活百态的《贺友直画三百六十行》《申江风情录》《弄堂里的老上海人》，他的创作因此不仅为共和国的发展变化存世，还留下了足资史学、社会学研究的一座城市的"风俗志"。

而在艺术上，贺友直努力追求卓越，既定力非凡，又知所变法，有许多可贵的创新。过程中，他能做到除了艺术之外心无旁骛，并力避炫技，集全部心力于人物的刻画与创造。为此，他既注意场景的调度，又倾力于"纸上做戏"，尤擅长用画面来创造情节，借小孩子、小动物、小道具、小动作来渲染细节，使每幅画充满了动感和变化。所以人们经常可以看到，他那些线条虽百分百的传统，笔笔见本源，但处理方法却吸收了西画的理念，根据人体解剖，有时还依循明暗调子来组织，造型上明显增强了质感和体积感，在空间感和动态感方面，也再不像陈老莲那样一味地任从主观，追求平面的装饰效果。他认为自己画的既然是当下的事与人，就必须面对当下的一切，装饰性线条未必能与之构成对应，所谓"弄不上去"，自然就不应该执而不化。故在尝试用陈老莲的风格画《山乡巨变》感觉勉强后,能果断放弃。20世纪90年代,连环画走入低谷,为了获得更优厚的回报,许多人改行画国画,他虽充分理解,却能不为所动。多家画廊上门约请他画人物扇面,也被他婉言谢绝,以为"画国画要懂诗、书、画、印,要有较高的文化修养,这些我不懂,怎么画?我的文化是这样,我的生活积累是这些,所以造就了我是一个连环画家"。尽管这一说法实在言之过谦,因为从用笔、用墨到构图各方面看,他对传统中国画的精髓可称了然于胸。他画鲁迅的《白光》,更将这些技巧发挥得淋漓尽致。但以这样的"黄鱼脑袋不转弯"的执拗劲,专注于白描人物的创作,他的目的确实只在"把人物画传神"。对此,他总结出三句话——"从传统中寻找语言""从生活中捕捉感觉"和"从创作实践中发现自己"。他毕生践行这三句话,所以才能为白描人物画成为具有高度审美价值的独立画种做出无可替代的贡献。

四

今天看来,贺友直的众多作品,还可供后人从图像叙事的角度做更进一步的研究。连环画是文学与绘画的结合。就前者而言,它需要对文字和文学有深切的了解;就后者而言,它囊括了几乎所有画种的技法。如何处理好语-图关系,在传统线描的基调上适当增加素描、水墨、水彩、木刻、剪纸等多种形式，又注意融入西方绘画的透视与人体结构语言，以有节制的适度的明暗对比来构成体积美，以多角度、中远景的交替使用来对冲平面构成为主的传统构造和由此带出的装饰美，是很值得人们结合美术史学、文化史学及形式分析等方法，从叙事学角度做更深入的研究的。个人的感觉是，贺友直在处理文学叙事、描写故事场景方面所体现出的对时间和空间出色的把握能力，尤其其构图均衡与奇崛的统一、格调稳定安详与紧张急促的统一、综合多元叙事手法营造极富人情趣味的意境方面，都达到了一个崭新的高度。它们自然、平和、悠缓、温暖，洋溢着传统的美好，更有着独特的东方审美的韵味。

回顾连环画走过的辉煌与黯淡交错的百年发展历程，2007年，中国美术家协会连环画艺委会首次提出了"大连环画"的概念。所谓"大连环画"就是要求连环画能面向当今世界，收纳现世人生，同时背后有更广大深厚的传统为依托，见得出一个民族悠久的历史传承与文化积累。通过它，不仅是我们，后来的人们，包括不同国家、不同民族的人，都能借此以小见大，执简驭繁，从中得到熏陶，受到感动。记得鲁迅说过，不要视连环画为不足以登"大雅之堂"的下等物事，也曾预言连环画可以产生像达·芬奇、米开朗琪罗那样的伟大画家。贺友直60多年的艺术生涯，已然证明了他是这样的"伟大画家"。在那个时代，他在连环画上苦心孤诣的创造，与齐白石的变法丹青、林风眠的参合中西以及潘天寿的文人画变体等，共同构成了足以写进教科书的美术浪潮，他作品中的代表人物及其本人形象被制成地砖，铺设在法国国家连环画和图像中心的广场上，他成为唯一获得此项殊荣的中国画家。可以预期，他和他笔下的人物，必将为将要到来的"大连环画"创作指明前行的方向。

小说《千里江山图》，先锋的"转型"

王纪人

在读者的印象中，孙甘露是当代中国为数不多的先锋派作家之一。他的处女作《访问梦境》初露"先锋"端倪，令人瞩目。后来，《我是少年酒坛子》《信使之函》《呼吸》等作品，可持续地确立了他在中国先锋文学界的地位。20世纪90年代以降，有的先锋作家不再发声了，有的并未歇手，从小众走向了大众。孙甘露则惜墨如金，基本进入创作静默期。他曾经提到，"现代派这张桌子已经早就撤走了""在先锋思潮中看到了软弱、无力、缺乏等种种征候"。对于这一清醒的告白，评论界似乎缺乏关注。我在2008年发表的《解读孙甘露》一文中，也仅仅提及他"可能是最后一个守夜人"，同时"希望他在讲究艺术趣味和品位的同时，更多地介入时代"。

在长篇小说《呼吸》出版很多年之后，我们终于等来了近几年时时风闻的孙甘露长篇小说《千里江山图》。仅从这个借自北宋天才少年王希孟青绿山水画的书名，约略可以推知与一

| 绝妙的隐喻

个大时代的宏大叙事有关。至于具体在哪个时期、叙述怎样一类事件、涉及何等人物，则无从揣测。等到近日读了刚出版的书稿，我才恍然大悟，拍案称奇。这是一部完全超出我想象的全方位转型之作，并让我们释疑解惑：为什么在两部长篇之间，可以相隔如许漫长的岁月年华。

一

　　文学的转型可能涉及题材、风格、所写到的与读者关系等诸多方面。涉及的方面愈多，转型的幅度和难度也就愈大。《千里江山图》所涉中共中央机关从上海转移到中央苏区的历史，其前因为1931年上半年顾顺章和向忠发先后被捕叛变。国民党展开了疯狂的搜捕行动，使中共中央机关的安全受到前所未有的威胁，难以在上海立足。不得不决定让一些负责同志陆续离开上海，向中央苏区秘密转移。到1933年，整个中共中央机关迁入苏区。《千里江山图》就截取了转移的最后阶段，起讫时间在1933年农历新年前后，总共才一个月零几天，显得集中而紧凑。

　　在实写秘密转移前，作品先写上海地下党组织因开会地点被泄露遭到严重破坏。敌人欲擒故纵，用无形的监狱代替有形的牢笼，以便在叛徒内奸和军警宪特的里应外合下，一举捕获准备转移的中共中央领导人。而上海地下党组织在新特派员的

小说《千里江山图》，先锋的"转型"

领导下重新集结，历尽艰险，挫败内奸和外特的险恶阴谋，开辟出新的交通线，实施"千里江山图计划"。计划的名称实为这一转移行动的暗号，转移路线是周恩来确定的。应该说与此相关的题材在文学上还从未表现过。所以，有很大的表现潜力和文学意义，以及相应的认知价值。

作者确定这个题材，显然是经过大量文献资料的查证、披阅和考量。随之而来的，便是围绕这个历史事件进行合理的想象和艺术虚构。作家的任务不在亦步亦趋地模拟业已发生的事，而在演绎其中可能发生的事。他在历史题材和实现自我价值之间架起了一座桥梁，实实在在地完成了一次身份认同。在这种感同身受的认同中，展开文学想象的翅膀，令各种奇思妙想如落英缤纷附丽于情节结构、细节描写和性格刻画之上。

对于一部长篇小说来说，故事的发生地直接关系到题材的展开面。《千里江山图》以主要的篇幅描述上海这个华洋杂处的大都会，把它作为一波未平一波又起的斗争前哨阵地，又是"千里江山图计划"的实施地和始发地；南京作为民国首都和特工总部的所在地，也是一个重要地点；广州也是双方博弈的一个重要场所，小说中的几个重要角色当初曾相识于广州。三点构成一个有着时间线索交错的立面，展开了与根据地的围剿和反围剿相对应的城市斗争，以及共产党中央领导机关从城市迁至农村的战略大转移。作者在创作的准备过程中，仔细查看了当时这三大城市的地图，以及当年的报章新闻、历史档案和风物志,从而得以在写作时——复刻三城的历史风貌、地理环境和风土人情,为人物的活动乃至穿街过巷,提供真实生动的历史、地理和生活环境。这部小说正面展开了20世纪30年代初国共两党的殊死斗争,但也辐射到当时社会文化和物质生活的方方面面。所以,我不主张用单一的色彩概念来归类这部小说,以避免忽略其内容的丰富性和审美的多样性。

二

艺术风格的转型同样十分明显。先锋小说是以反传统反小说为己任的,孙甘露在作为先锋小说家时也不能例外。当年他的创作是一种内省式的写作,倾向于含糊其词的叙述。除了迷宫的风格、想入非非的叙事、晦涩的故事,还有精神漫游式的梦呓和狂想,充满了一种无处不在的不确定性。在现实中,他是一个清醒和理智型的人,读的理论著作也很多。而在他独处的沉思中,却始终有着非理性之想。他把这珍贵的一角让渡给了他的小说,让他的人物成为梦游人或白日梦者。他的叙事方式常常反过来控制了他自己,使他在后来的创作中难以自拔。

然而,在经过漫长的时间隔离后,《千里江山图》在艺术风格上也显露了重大的变化。我们可以说,这部作品是对写实主义的一次致敬。这与作品涉及的题材有关,但本质上可能来自作者由来已久的自我蜕变的潜意识冲动。在整个写作的准备阶段和实施阶段，他始终在道阻且长的历史通道中踯躅，在那个中国社会的黑暗时刻和焦灼乱世躬身入局，描绘出一批英雄形象。与此同时，小说也不吝笔墨，刻画了一批苟且偷生的叛徒或作恶多端的特务。在这两类人物中，足智多谋、文武双全的共产党特派员陈千里，对人和事有直觉判断力的女作家凌汶，老谋深算、曾经信奉无政府主义的中央特务总部副主任叶启年，长期打入共产党秘密组织的特务"西施"等，在性格塑造的丰富性和生动性方面都相当出色。这对于以往习惯在先锋小说中渲染人物的布尔乔亚情调或波希米亚风貌的孙甘露来说，实属不易。

三

说《千里江山图》是先锋派作家孙甘露的一次写实主义转型，并不意味着他就此为止。

这部作品共34章，从第一章《骰子》开始，某些类型小说的写法就作为一种叙述方式汇聚到他的笔下。与"千里江山图计划"有关的秘密会议就是以牌九赌博为掩护的。参加这次会议的预定人员有十二名，每人带几个骨牌凑成一桌牌九，而最后拿出的两个骰子，便是接头的暗号。可是人员尚未到齐，该拿出骰子的老开还没露面时，军警已冲了进来，于是有人开枪，有人跳楼，有人逃跑。最后，有六人被抓到地处龙华的淞沪警备司令部。这个发生在腊月十五的围捕，说明了有内奸通风报信。小说从一开始就写得惊险紧张，既先声夺人，又令人疑窦丛生。究竟谁是内奸？

第五章《身份》写牢房里时有议论，为什么老卫第一个冲出去逃脱，好像事先知道？为什么易君年屡屡提出有关话题，又说牢房里不宜议论？老石伤口不是很严重，为何动作似有夸张？为什么要把不同职业的他们聚在一起开会？总之，"谁是内奸"是最大的悬疑。

第六章《老方》写陈千里从伯力训练学校归国，目的地临时改为上海。因为原定在上海开的那次秘密会议拟组成临时行动小组，执行机密任务与中央最近所做重大决策，却因泄密被捕。陈千里的任务是尽快肃清内奸，保证"千里江山图计划"顺利完成。

从以上列举的几章，就可以看出孙甘露在这部转型之作中为了引人入胜，也为了更好地塑造人物形象，吸取了悬疑、谍战等小说类型的叙述方法。悬念是对情节做悬而未决和难以预测的安排，以引起读者产生欲知究竟和最终结局的叙述技巧。

在小说《千里江山图》中，代号"西施"的特务（易君年）长期卧底于共产党内。他不仅是《骰子》一章中地下党会议的告密者，而且在此前和此后，还是亲手杀害多人的毒辣凶手。在小说中，他虽然是一系列悬案的制造者，但作者的叙述非常节制且有章法。有时不动声色，有时旁敲侧击，有时欲说还休，造成疑窦丛生、悬念迭出、险象环生的戏剧效果。只有他的对手才真正了解他:"一个人出于某种目的,可以把自己变成另外一个人。有些人像变色龙,随时可以变换身份、立场、外形、语调,甚至个性。他可以在不同角色间来回变换,就像穿上或者脱去一件衣服。"即使在这部大幅度的转型之作中,孙甘露仍然保留了作为先锋小说家在叙述语言上的某些独特之处。如《趟栊门》一章,写凌汶与易君年共赴广州办事,凌汶坚持要查旧报纸,找至天官里后街。路遇一老者设摊算命,给他们指点一凶宅。到了那里易君年脸色铁青,觉得有人一直在注视着他。凌汶也觉得此屋有点蹊跷,发现老易靠在砖墙上注视着她,震惊、恍惚。小说除了写凌汶对老易说"我觉得你心里有鬼"外,没有写双方究竟发生了什么冲突,只是写易君年一人出来,撕下门帘,擦了擦手上的血,路过卜卦摊,又把多嘴的算命先生也顺带掐死了。这一段写得阴森恐怖,一个老宅引起了双方的回忆和联想,并且都察觉到对方的心理活动,在潜意识中感到恐惧。于是,"西施"先发制人,用暴力手段灭口,并连带杀了算命先生。这种看似内心的直觉感知和非理性行为都是非逻辑的,却是文学作家值得研究的深度心理学问题。

望远镜是个绝妙隐喻

孙惠柱

两名科学家各自看天,能有什么"戏"吗?去剧场前我是有所疑虑的。

没想到,音乐剧《星际信使》只用了三位演员,就做出了一部动人的关于科学家伽利略的戏,我的观感甚至超过了那部远更著名的话剧《伽利略传》。《伽利略传》是德国戏剧大师布莱希特的经典剧作,1979年中国青年艺术剧院在大剧场上演该剧,连演80场,好评如潮。布莱希特是我几十年来致敬和研究的偶像,看了《星际信使》以后,我却更看好这部音乐剧,觉得这位"伽利略"可能吸引更多的观众。

好看和有意义

伽利略一生的故事丰富多彩,哪些部分最好看、最有意义?"好看"和"有意义"常会不一致,有的戏追求好看而影响了意义，有的戏强调意义却不好看。音乐剧《星际信使》做到了好看而有意义，但其意义与《伽利略传》不一样。音乐剧前半段较多地展现了科学家发现和分享的快乐——这一点在布莱希特的话剧里几乎是被刻意淡化的。音乐剧把历史上只通信来往却从未谋面的意大利人伽利略和德国人开普勒调度成想象中的对话——用了很多他们信中的语言。两个人从最初的谈不拢到后来同时用望远镜探索星空，还用歌声把观众带进了一个神奇的世界。

音乐剧后半部触及伽利略人生中不快乐的部分：他遭到宗教法庭的审判，为避免被火刑烧死而选择认罪请求饶恕——这个点是强调思辨的《伽利略传》的重心所在。布莱希特创作这部剧所用的时间最长，从1938年的丹麦到1947年的美国，他不断地写、不断地改。当时，他为自己同胞中的一些科学家、思想家投靠纳粹而痛心，他的笔锋冷峻远多于浪漫、批判远多于颂扬。而现今，我们观看这部《伽利略传》，会觉得其过于高冷，不如我熟悉的另几部布氏名剧《四川好人》《高加索灰阑记》等那样抓人。

《星际信使》则塑造了一位更加可爱的伽利略。韩国编剧白承祐并未因要为尊者讳而回避他曾向教皇求饶求生这一历史事实，只是提出了一个新的视角："留得青山在，不愁没柴烧。"科学家迫不得已认罪保全生命，但并未毁坏他用以进行实验的望远镜，还保留了关键的实验成果，一旦时机到来，还是会绽放光芒的。他始终心存希望:"但仍会有光芒,抹不去的星光;答案一直回荡,真相不能就此埋藏。我要让世界知道,星际的辉煌。"

在伽利略为了科学与教会抗争的过程中,他和开普勒的友情、和女儿玛利亚的亲情都起了很大的作用;而这些"情"在布莱希特的《伽利略传》中就很少——伽利略自私到独自贪吃好东西,甚至还不许女儿出嫁。而《星际信使》里的玛利亚则是出于信仰自愿去当修女而不嫁人。她虽然反对父亲与教皇作对,却深爱着父亲,真心希望他能"低一下头"活下来,还能继续从事科学研究。玛利亚这种两全其美的希望和内心的纠结,让观众特别容易有代入感,很难不为她悬心。幸好,当时的教皇也是一位科学家,他和伽利略达成了一定程度的妥协,虽然给他判了终身监禁,但很快就改成软禁,还给他提供继续从事科学研究的条件,让他完成了一部重要著作《关于两门新科学的谈话和数学证明》。后来的一切都可以证明,伽利略口服心不服的"认罪"这一权宜之计,并不算是不可饶恕的人生污点。

戏里戏外的望远镜

伽利略对人类做出过巨大贡献,最重要的一项是证明了哥白尼针对"地心说"提出的"日心说"。他能证明"日心说",是因为他在前人基础上造出了能看清星球的最好的天文望远镜。

望远镜是个绝妙隐喻

布莱希特在话剧中将伽利略的这个功绩写成一个疑案,让观众觉得伽利略有掠美之嫌,这颇为求全责备。早期的科学发明大多是在版权还不明确的情况下一个接一个不断改进的,伽利略的望远镜应是他自己设计加工的升级版。

而望远镜,正是区别和连接伽利略与开普勒这两位科学家的一个重要点。开普勒凭想象写了一本《宇宙的奥秘》,寄给伽利略,希望得到他的肯定;伽利略却否定了他的假说,坚持用望远镜看清星球的形态作为科学推论的基础,还给开普勒寄去了一架望远镜。从那以后,他俩就经常写信讨论各自在望远镜中看到的天象。

望远镜既是贯穿全剧的道具,又是一个绝妙的隐喻。人人都能欣赏灿烂星光,但谁能参透浩瀚天穹的奥秘?只有借助高倍望远镜,才有可能看看星球的面目。有了望远镜,伽利略才能这样唱:"别被双眼蒙骗,别凭想象断言……熬过了无数个日落,星星的消息在眼前闪烁。过去我独自在困惑,许多事未曾想象过;但如今有了不同,渐渐把思绪勾勒出轮廓。"好的戏剧也可以成为一架"望远镜",帮助观众认识在时间上或空间上有着一定距离的人和事。

《星际信使》是上海文化广场近年来引进韩国班底再翻译制作的第四部小型音乐剧。这种仅由两三个演员演出的音乐剧,在音乐剧的大本营纽约百老汇和伦敦西区几乎看不到,外百老汇的中小型剧场偶尔有之,但并不多——两个人的《长腿叔叔》

是来自外百老汇的极少数例子之一。

上海文化广场的制作团队慧眼独具，发现了首尔大学路上中小型剧场"发明"的这一罕见的类型，认为这种"小而美"模式比如雷贯耳的豪华音乐剧更适合中国观众的需要，决定引进一个系列，并与原创团队合作进行一定的本土化改编。之前的《我的遗愿清单》《拉赫玛尼诺夫》《也许美好结局》都已巡演多轮，颇受欢迎。这些戏"卡司"虽小——最少两个、最多四个演员，但格局不小，一般都在中型甚至大型剧场演出。演《星际信使》的上剧场600多座，舞台上有一个浩瀚的蓝色天穹，弧形的角度让观众感觉身处一个大型天文馆内。灯光投影在天穹上的变化与演员看天的表演融为一体，成为该剧的另一重要"看点"。

"小而美"音乐剧模式

"小而美"音乐剧的成系列开发说明，一部分戏剧人已经有了自己的"望远镜"，能根据中国观众的需要去聚焦并遴选适合的戏剧样式。

自100多年前引进西方戏剧以来，中国戏剧的话语系统用的大多是西方的概念术语。最早主导引进的老前辈眼光很厉害，他们根据国内启蒙救亡的紧迫需要，选择了引进的主要样式——现实主义话剧，合理地忽略了以歌舞演故事、娱乐性较强的音乐剧。40多年来，我们学习引进的条件优越不少，却没学来很多让中国观众喜闻乐见的戏剧。很多人只知道接过西方老师给我们的"望远镜"来看他们的戏剧，甚至在那些身居象牙塔的教授眼里，最高级的戏剧是连西方老百姓也看不懂却便于学者写论文的各种新奇花样。而大众喜闻乐见的音乐剧竟被视为不值得研究，就因为观众最多，而教授们不屑于从众"随俗"。一些中国学者也认为音乐剧"俗"，但他们很可能并未看过多少音乐剧，而是跟着西方教授人云亦云罢了。

后来，音乐剧的市场大到了无法忽视的地步，国内也开启了引进制作音乐剧的热潮，但主要是实践者在忙，仍很少看到关于音乐剧的深入研究。30多年来，我国引进和模仿的音乐剧绝大多数是百老汇和西区的模式——主要是以早期"四大音乐剧"为代表的豪华音乐剧，大投资、大舞美、大卡司。这样的剧并非不好，但南橘北枳不宜学过来演好。百老汇一部新音乐剧要在同一大剧场驻演一年400多场才能收回成本，而在主要靠巡演生存的中国演出市场，大音乐剧的成活率实在低，政府补贴再多也难以维持。韩国的情况多少有些相似——也没有百老汇和西区那么大的音乐剧市场，因此他们在向欧美学习以后，自创了这种更符合他们国情的"小而美"音乐剧，刚好也较为适合中国观众的需要。

| 绝妙的隐喻

当我们决定学什么样的戏剧时,一定要用自己的眼睛去仔细观察——包括使用自己设计的精准"望远镜"。这一次,上海文化广场制作了一出很好的关于望远镜的戏,而这部戏本身也是一架很好的"望远镜"。它或许能帮我们看清,在风行世界的欧美话剧和豪华音乐剧之外,还有一种我们需要的"小而美"的音乐剧模式。

刻画信仰与精神的胜利

龚金平

作为一部表现兵团作战的电影,《长津湖之水门桥》(以下简称《水门桥》)群像式的人物设置是不二选择,但如何在主线的发展中兼顾众多人物之间的互动,如何在情节中嵌入不动声色但又感人至深的细节,保证文戏与武戏相得益彰,场面与情感融为一体,这是《水门桥》必然要面对的"艺术攻坚战"。

影片迎难而上,既让观众在身临其境的观影状态中,完成对战争场景的逼真想象和沉浸式体验,重温历史的残酷与壮烈,回望先辈的拼搏与牺牲,感念英烈的豪迈与悲壮,同时又能在宏大的历史视野中,通过戏剧冲突的不断聚焦,最终只凝视战争巨幕上的一隅,并巧妙地从中透视志愿军的精神面貌和战斗意志,甚至揭示决定战争胜负的核心因素。这使观众在应接不暇的战斗场面中不仅感受了视听的震撼,还迎接了内心的震颤与情感的冲击。

| 绝妙的隐喻

一

影片善于表现色彩与体感的反差。在一片冰天雪地的苍茫与辽阔中，让美军的汽油燃烧弹和火焰枪的烈焰，成为热气灼人的焚烧场面，而志愿军战士就要在如此暴虐的环境中淬火成钢。白色的雪、黑色的焦土、鲜红的血，还有金黄色的朝阳，在影片中交织成多样的色彩谱系，并在不同颜色中传递不同的情绪内涵与象征意蕴。

影片中多次出现的香烟，成为一个含义丰富的意象。伍千里遇到炮营杨营长时，很自然地从他嘴里取下烟，吸了几口后，又将烟还给他。这个看似随意但又鲜活灵动的细节，凸显了战友之间朴素又深挚的情谊，也是志愿军不同军种之间同呼吸共命运、并肩战斗的生动写照。在下碣隅里的战斗结束之后，面对七连巨大的伤亡，伍千里心情沉重，在雪地垒起一个小雪丘，插上一支烟作为祭奠。谈子为牺牲时，伍千里强忍悲伤，从谈子为嘴里取下烟，在手里将它捻碎。这三个有关"烟"的细节，承载了尽在不言中的兄弟情，也书写了反映战争残酷的悲情、面对战友牺牲的悲痛与继续战斗的决心，这无疑是极为含蓄又极富情绪感染力的艺术表现方式。

在战争片中，主要人物的牺牲是观众必然要面对的阵痛时刻。某些人物的死亡不仅是一种情节结局，还融入了特定的主题含义和象征意义，不仅以煽情的方式将观众的情绪提升到高位,还能通过这种伤痛时刻激起观众的情感认同和思想感触。谈子为在伍万里面前毫无征兆地倒下,让伍万里更加深切地意识到,战场上没有打不死的英雄,只有军人的荣耀永垂不朽。对几位主要人物的牺牲,影片更是大力渲染,让观众从中看到了志愿军战士义无反顾的战斗决心、为完成任务不屈不挠的战斗意志,更看到了每个牺牲者背后的宽广胸襟与高贵人格。

二

影片最为感人的文戏,自然是伍万里的成长历程。伍万里从带点莽撞和叛逆的少年,到在战场上逐渐变得成熟稳重。更重要的是,他对于战斗的目的有了更深刻的理解,不再执着于杀敌的数量,而是执念于每个战友都能活着回去。在战斗中,面对一次次战友死亡的悲情时刻,他没有失去反思与成长的能力。看到美军伤兵因痛苦和寒冷而发抖时,他会用自己身上的被子给对方送去一点温暖。这是影片非常重要的道德立场,它希望观众看到志愿军战士为和平而战、为祖国而战,内心闪烁着人性的光辉。

在一部战斗场景占了很大比例的影片中,观众仍然看到了感人的人物形象,看到了人物之间的深情互动,看到了最年轻的战士在如父如兄的战友保护、帮助、指引、鼓励之下成为一名钢铁英雄,这是影片在剧情设置和人物刻画方面所取得的重要成就，也是影片在主题表达上更富层次的积极尝试。当伍万里孤零零地一人站在一旁，大声报告"第七穿插连，应到157人，实到1人"时，任是铁血男儿，也不由潸然。这时的伍万里是孤独的，也是豪壮的，他身上凝结了无数英灵的期盼与嘱托，见证了无数英烈的功勋与风范。

三

影片为了体现场景的丰富性与视野的开阔性，同时也为了勾勒抗美援朝战争的复杂格局与背后的政治角力，展现了麦克阿瑟与杜鲁门在面对部队撤退时的不同考量与决策。这些场景固然可以表现麦克阿瑟的狂妄、暴躁与刚愎，以及杜鲁门总统作为政客的老谋深算，却也分散了观众对于情节主线的关注。

观众对《水门桥》的期待视野，应该接近于南斯拉夫电影《桥》（1969年）。《桥》放弃了史诗性的追求，聚焦于游击队员如何炸毁德国人重兵守卫的大桥。观众能在这个过程中领略情节的一波三折、惊心动魄，也能感动于游击队员的大智大勇、前仆后继。比较而言，如果《水门桥》不是心怀过高的叙事野心，过分追求宏大叙事的壮阔，而是砍掉这些孱弱而突兀的支线，将情节重心放在如何炸桥上面，情节的凝聚力和观赏性会有质的提高。

虽然，影片在展现志愿军奋不顾身炸毁水门桥时，突出了

刻画信仰与精神的胜利

志愿军战术的变化与调整，但整体而言对于战斗思路的介绍不够细致。例如伍千里部署四个小分队分头行动时，各分队的战斗目标交代得不清晰，各分队之间的配合与呼应不明显，导致观众的观影体验缺少那种密不透风的紧张感，以及完全进入剧情之后的焦灼与压迫感。

影片中出现了几次志愿军战士凝望太阳升起的情景，在影片整体性的冷峻色调中，这是难得的暖色调场景。相对于美军不知为何而战、为谁而战，志愿军战士对战斗目标有着深刻的理解，这种理解保证了他们高昂的战斗热情与战斗主动性，鼓励他们克服种种艰难困苦。从这个意义上说，抗美援朝战争的胜利是信仰的胜利，是精神的胜利。

《狙击手》的稳准狠新,构建"微观传奇"

程 波

电影《狙击手》给人的第一感觉可能就是它的"小",所谓微观视角:一场宏大战争背景的小角落,一次"不起眼"的战斗,一群"微不足道"的士兵。但这样的"小"又是以小见大、一滴水里见大海的,是在真实质感基础上富有传奇性的。

抗美援朝战场上,中国人民志愿军不畏强敌、艰苦卓绝的斗争中产生了很多可歌可泣的故事,对此很多电影都表现过,近几年重大主题创作或新主流电影也特别注意对这一题材的挖掘。从另一个角度看,电影中"狙击手"的故事也不少见,似乎也有着某种范式:不论是《狙击手》《兵临城下》《美国狙击手》这样专门表现狙击手的作品,还是《红海行动》《长津湖》这样有狙击手作为重要角色的影片,在大的战争历史背景与空间转换中,个体的狙击手在多次战斗中积累、成长,与敌人交锋对决,最终凭借强大的意志力完成任务。《狙击手》确实也吸收了一些这样的范式和元素,但它更多的是在新主流电影和

《狙击手》的稳准狠新，构建"微观传奇"

"狙击手"题材战争片这两种维度下的创新，一种结合了作者意识和类型感、兼具工业化水准与手工打磨质感的创新。

所谓微观，一是视野的聚焦，如同瞄准镜里的事与世界；一是呈现的精细，又像放大镜下的人与人生。一部电影几乎只表现一次战斗，只塑造不多的几个个体人物，只处理一个主要实景空间，故事时间与银幕时间也很接近，但对这一时空下的人（五班的狙击手战士们，也包括敌人）和事进行了深入细致、步步惊心的挖掘与展现，可谓"螺蛳壳里做道场"。《狙击手》着力表现个体与群像，表现敌我之间没有消弭个体的团队较量，电影没有一般意义上的大制作、大特效、大卡司，但很好地还原了宏大历史缝隙中的真实性、在场感，构建了一种"微观传奇"的可看性与崇高感。

所谓传奇，既是题材打下的基础，也是电影创作者在继承中的创新，在笔者看来，可以用"稳准狠新"四个字来概括。"稳准狠"是优秀狙击手的过硬本领，也是《狙击手》这部电影的过人之处。

在戏剧矛盾构建和叙事节奏把握上"稳"得住，作品有所为有所不为，非常统一没有三心二意，删繁就简主干清晰。同时，敌我对决能形成真正的势均力敌的态势，情节演进犬牙交错，有递进有转折，环环相扣，不急于走向最终的胜利，反而充分展现了胜利来之不易、牺牲的惨烈与崇高。

电影在时空环境的营造、战斗细节的刻画、人物形象的塑造等方面很"准":服装、装备与战法交代得清楚又具有奇观性;不笑的班长与爱哭的士兵,自大而又狡诈的敌人,意志坚定又自我牺牲的侦察兵与五班的狙击手战士一个个都立得住,观众也记得住。

既然只讲一件事,那就要有一种挖得深讲得透的"狠"劲。影片在"高手对决"的氛围中,把斗争的艰巨性、残酷性营造到极致,斗智斗勇要有本领有手段有团结,最后还要比意志与信仰。刘文武像极了一位侠客,而且是用革命头脑和家国情怀武装起来的侠客,同时他又是一位"师长",带领五班士兵如亲兄弟父子兵一般。大永是一名有着明显人物弧光的战士,在这次战斗中的血红雪白中淬炼成长,传承了刘文武和五班的精神。这样的人物具有很强的戏剧张力和共情能力,在情节的不断展开中、在动作戏与类似几次"点名"这样的文戏的有机结合中,转化成这部电影的核心竞争力。

这样的"微观传奇"被构建起来,有非常自觉的创"新"意识,让人耳目一新。以"冷枪冷炮"运动中的战斗英雄张桃芳等人为原型的《狙击手》当然有史实的一面,但把狙击手对决中的"见"与"不见"、"小"与"大",包括"冷枪"与"热血"的关系处理好,需要"虚构",更要勇于开拓新路。

《狙击手》的作者性与类型感兼具且平衡,可看性与思想性融为一体,以小见大,以小喻大。一队人拯救一个人并为之牺牲,狙击团队战斗中的团结合作与相互支撑,为了更大的胜利的自我牺牲，这样战火中的青春成长与生死历练是在"棋逢对手"的框架下完成的，同时又是在"见招拆招"的细密过程中展现的，最终是在惨烈的"残局胜利"中完成并升华的。解救侦察兵的任务背后有获取情报的更深层的价值，情报与全局的关系凸现了这次战斗牺牲所具有的重大价值与意义。对手群像的塑造并不潦草，朝鲜小男孩这个角色的设置颇具巧思，这些不仅直面与反思了战争与人、家国之间的关系，还隐喻了意识形态冲突与地缘政治矛盾的内容。

  电影内外，在讲什么和怎么讲两个层面，《狙击手》可以说通过聚焦（狙击瞄准/叙事策略清晰）、深耕（意志坚定本领高强/故事与影像叙事完整精细、工业标准与手工打磨）与升华（坚定信仰与舍身报国，"点名"与"五班还在"/主题与价值上对优秀传统与新时代精神的承载和呼应、片尾翻拍致敬《上甘岭》经典片段等）达成了这样的创新，让"一时一地一事"同样可以成为高水准、大格局、上档次的优秀作品。进一步说，《狙击手》或可以给我们这样的启示：新主流电影或重大主题创作并非一味求大，因为完全的整齐划一有走向空心化投机或僵化八股的风险。新时代主流价值观指导下的多元融合创新的生态和策略，有利于优秀电影作品不断涌现。

《白蛇》：在芭蕾世界探索当代人的精神生活

方家骏

颇具现代锋芒

舞剧《白蛇》幕启的一刹那，观众看到的竟然不是西湖涟漪、荷塘秀色，而是一群摩登精致的少妇穿行在超市货架旁。观众终于相信了"坊间"传闻：这不是一个通常意义上的白娘子故事。当代人如何来演绎许仙和白娘子的爱情神话，如何来完成这样一次有难度的自洽，有如一股巨大磁力，吸引着观众凝神屏气来一探究竟。

2年前，与出品方上海大剧院商定要排一部芭蕾舞"白娘子"时，谭元元说，提到白娘子，"我很快想到了她的美，那是一种中国式的美，非常纯粹"。于是在多个创作选项中，她毫不犹豫地选择了"白娘子"。事实上，这一选择不仅仅是因为未来舞台上的"白娘子"人美、服装美、故事美。在谭元元心里，用擅长的芭蕾表现好中国女性形象，始终是一簇不灭的火焰。20多年前一部中国题材的《鹊桥》似乎跳得并不过瘾，她希望在自己的芭蕾人生中留下一部中国女性主题代表作，就像19岁时担纲《天鹅湖》向世界证明了她的实力，23岁出演《吉赛尔》彰显了艺术上的成熟，35岁时遇到一部不可多得的《小美人鱼》。而东方意蕴的《白蛇》将帮助她完成夙愿，走向下一个艺术目标。谭元元的想法，和上海大剧院"东方舞台美学系列"所秉持的理念十分接近，于是一拍即合。

一部流传千百年的民间传说，在当代艺术家手里会是怎样的样貌？围绕许仙和白娘子，还有如影随形的小青、法力无边的法海，故事的起承转合，情节的风波险恶，几乎为每一个中国人所熟知。当它和芭蕾相遇，真的只是用脚尖来重述一遍故事吗？它可不可以拥有别样形态，不单是叙事方式上的巧用心思，而是真正对其进行一番精神层面的深窥，以蜕变换取再生，以独立的艺术态度调动起观众新的兴趣、新的思考？导演周可在和编剧罗周探讨这一问题时，始终在想：如果这一故事的演变，反映了从古到今中国女性形象的改变，是中国传统文化中一首女性追求独立人格的颂歌，那么，当下的女性又身处于怎样的困境？雷峰塔真的倒掉了吗？这一颇具现代锋芒的初念，很快成为执念，让两位女性创作者既兴意盎然，又倍感痛苦。而舞剧《白蛇》的主题意向，便在这痛苦的泥淖里站立了起来。

"心理芭蕾"的独特叙事

舞剧《白蛇》中,女主人公不叫"白素贞",在编舞家为她设计的肢体语言中也少有蛇性。她被命名为"妻子"。于是,一个社会性符号便格外清晰,且具有代表性。"妻子"身形姣好,有一个爱自己的丈夫,做着全职太太,看上去幸福满溢。但"妻子"偏偏感受到失落、茫然,患上了被人视为矫情的都市病。这,让戏显得有些好看。古典芭蕾中的现世安好、瑰丽堂皇以及炫技,不大可能出现在这样一个戏剧框架里。舞台上的一切,和现实有关,和城市有关,和"我"有关。这就让起初因为喜欢一个爱情神话走进剧场的人们,关注起故事中的"我"来,而这种心理换位出现在转瞬间。

惊蛰的一声雷,唤醒了"妻子"的潜意识,她恍惚看到内心隐秘的欲念在滋长,就像一条青蛇在心中逶迤、作妖。剧中的小青不是她的姐妹,是她内心另一个自我。一镜两面——这是编导最具现代意识的一个创意,脱胎于古典文本,又从既定的情节轨道上跳脱。在以往的文学作品中,我们常见"两个小人在心里打架"的表述,虽然生动,但不见得美。舞剧《白蛇》将白蛇和青蛇设为一个人的两面,由此展开可见可感的灵魂对峙、情绪博弈,不仅非常舞剧化,也让作品显现出"心理芭蕾"的特征。

俄罗斯编舞大师鲍里斯·艾夫曼在完成了《安娜·卡列尼

娜》《卡拉马佐夫兄弟》《柴可夫斯基》等一系列影响世界舞坛的作品后，将自己的风格定义为"心理芭蕾"："我全部的创作就是为芭蕾寻求一个更加广阔的空间，寻找一种能够表达人类精神生活的身体语言。"他的作品大多改编自俄罗斯文学作品，或讲述俄罗斯历史名人，并在编舞中注入深刻的哲学思想和心理学内容。在这一点上，舞剧《白蛇》的创作动机和艺术追求与之非常接近。

可以看到，21世纪舞剧思想的巨大变革，直接影响和催生了舞剧《白蛇》的诞生。然而，舞剧要贴近现代人类的精神生活，并就现代生活的复杂性与观众展开讨论，绝非易事，不仅对编创者、舞者是一大考验，对观众的欣赏理解水平也是一次挑战。从舞剧《白蛇》的观众反馈来看，观演者尤其是年轻一族，适应能力和接受能力都超出预期。当观众很快适应了舞剧新的表达方式，捋清了人物关系，进入"心理芭蕾"独特的叙事流程后，最初的疑惑和不解便开始逐渐消弭……

人文价值的再生

丈夫陪伴妻子去诊所。心理医生揭示了妻子的潜意识，让她进入那个叫"白素贞"的本我中——一场以伞为媒的西湖之恋，亦真亦幻，而妻子的"病因"随着西湖烟雨的散开也在观众心里逐渐清朗起来。将现代婚姻关系置于古老爱情传说的框架内，是舞剧对人类精神生活的反观，而这种认清自我的过程被处理得仿佛一次得失兼容的路过，颇具艺术表达的意味。

在心理医生冰冷的意识中，只有健康和疾病、治疗和痊愈。所谓痊愈，就是不再有追求独立价值的欲望和摆脱家庭束缚的不死之心，和大多数处在婚姻环境中的人一样安于现状。心理医生是清醒的，又是无情的。当他向妻子举起药瓶时，仿佛法海高高举起了镇妖的金钵——一身两面，威严而跋扈。尖锐的戏剧矛盾由此而展开，生活中孰是孰非的冲撞，犹如兵刃相接，火花四溅，而象征着"不死之热望"的青蛇，在与法海的较量中屡战屡败。至此，观众看到，精神的雷峰塔并没有倒掉，它以无形的方式存在着。传统文本中，白娘子勇敢抗争、维护爱情，释放出的强烈信号，弥足珍贵。然而，白娘子最终无力完成对自身的救赎。在推倒雷峰塔这件事上，女性"丈夫指望不上，只能靠儿子"的结局，依然体现了男权、夫权思想对女性的禁锢。舞剧《白蛇》的核心表达则立足于女性只有靠自我觉醒，依靠自身的力量，才能推倒这一关乎世俗的雷峰塔，还灵魂一份洒脱。

历经红尘悲喜，白蛇和青蛇从相互抵御到产生共情，最终合为一体，奔赴在无垠天地中。这里不得不提舞台设计和灯光作为一种戏剧语言所发挥的作用：深黑的水底，只一片幽微之光穿透水面，白蛇和小青聚合成一道光，升腾而去。只一刹那，一切归于平静。

《白蛇》：在芭蕾世界探索当代人的精神生活

今天的舞台美术，不仅从舞台科技发展的角度为观众提供了有价值的信息，也越来越主动地参与到戏剧主题的呈现中，对舞剧来说，这尤其是一件值得倡导的事。

《白蛇》首演暂告段落，我们依然在回味国际化优秀表演团队给我们留下的美好瞬间，同时也在思索有关舞剧的问题：其一，当传统经典文本再次走进今天舞者的视野，有可能成为今后一段时间舞剧题材的重要一支，其人文价值的再生、提炼以及与现实社会的链接，将是摆在我们面前不可忽略的思考题。我们有些舞剧之所以显得浅薄，通常是因为处于一种"降维表达"状态，稀释、消弭了经典文本原有的文化含量和人文价值；有时则显得语焉不详，创作者自己都没有掂出经典的分量，看不清意义所在，更不清楚要向观众传递什么，那么，无论是"解构"还是"重构"，为之付出的劳动大概都缺乏价值。其二，当中国舞剧领域新生了编剧、导演这样一些"行当"，不再是单一的"编导一体制"，那么编舞作为创作流程中的一环，如何精准地来呈现编剧所提供的文学精神，导演这一角色在具体操作中又如何体现其价值，都是需要正视的问题。这关乎中国式舞剧创、制、演体制的完善和能否产生真正有立场、有思想的好作品。

走向对中华文化之"神"的表达

——兼评上海出品的手游《原神》

朱恬骅

不仅有"国际范"打底,更有专业化品质加持

前些日子,上海出品的手机游戏《原神》大热了一把。在游戏虚构的"提瓦特大陆"上,各路玩家和他们的游戏角色一起感受着"海灯节"浓厚的节日氛围。放飞的灯笼取自中国传统孔明灯的造型,故事取景地遍布中式古典建筑元素,人物服饰更无不诉说着华服之美。

《原神》不仅让国内玩家流连忘返,也让海外玩家啧啧称赞。2021年,《原神》是国际主流社交平台上讨论最多的游戏,还在有"游戏界奥斯卡"之称的腾讯电竞运动会(TGA)上荣获年度最佳移动游戏大奖,开创了游戏中国本土原创IP的先河。这款游戏在全球苹果商城和谷歌商城获得了超过10亿美元的收入。

作为一款具有开放世界特征的"角色扮演游戏",《原神》

成功地融合了冒险、解谜、收集、卡牌等多种流行玩法，既有宏大复杂的游戏世界设定、生动铺展的故事情节，也有留白之处供玩家探索、发掘。

支撑这款游戏精彩运转的，是开发方对于创意与技术的不懈追求。有行业分析人士提出，《原神》画面渲染的质量和角色建模的细节程度，为行业树立了新的比较基准。

同时，无论是略带日本动漫风格的画风、多语源混搭的角色命名，还是上海交响乐团与民乐演奏家联袂录制的游戏音乐、高质量的配音，让这款游戏不仅有"国际范"打底，更有专业化品质加持。

在国际主流视频平台上，《原神》的相关视频收获近千万次播放量。各国用户在留言中用不同的语言叙说着各自的感触，惊叹于其多变的风格与和而不同的韵律。

更值得品味的是，《原神》跳出了感官形式上"中国元素"的堆砌，将中华文化的精神品格润物细无声地嵌入游戏角色之中。比如，很多玩家被"海灯节"剧情动画中的团圆景象所打动，"兄妹团聚"的最终目标也传达了中国人对亲情的深切理解。

对异域文化的刻画，也渗透着中华文化的立场。探索游戏世界的过程中需要结识伙伴，游历多种不同风格的城邦，才能调和"七神"，使饱经灾难的"提瓦特大陆"恢复和平。这一游戏逻辑，体现了"以和为贵"的伦理取向和"美美与共"的文明理想。

可以说，即便人物角色的刻画方式有些日式风，配音语言也有英语、日语、朝鲜语、越南语等供选择，但《原神》仍称得上是一款不折不扣的"中国游戏"，是基于中华文化立场构筑起来的场景。

游戏创造秩序，游戏本身就是秩序

《原神》刷新了国产原创游戏的诸多市场纪录。但10年前，华人创作者也曾以一款"另类"的游戏让世人惊艳——

2012年，生于上海的旅美创作者及其团队制作完成了主机游戏《风之旅人》。不同于此前游戏中常见的对战厮杀，这一游戏的玩法颇具禅意：玩家只能与另一名随机分配的在线玩家合作，通过释放没有词句的"吟唱"相互致意，最后抵达旅途的终点。

在这款游戏中，玩家之间甚至无法发送文字信息。但恰恰因为"吟唱"本身很难承载具体的意义，反倒刺激了玩家寻求相互理解，包括动用游戏世界中的石块乃至足印等传达信息、达成默契。来自陌生人的足够善意，赋予了恰如其名的和谐与美好。

善意不仅来自玩家之间自愿的配合，也来自创作者对游戏行为逻辑的设定。创作团队在测试中发现，如果允许玩家操作的角色推拉碰撞，那么他们之间就可能陷入争斗，甚至出现将

走向对中华文化之"神"的表达

对方推下悬崖以求最有效率地抵达终点的情况。

高度受限的互动方式，不仅是创作团队追求艺术表现力的结果，也是有意识做出的价值抉择。显然，一种容许甚至鼓励玩家之间相互争斗直至将对方杀死的游戏，与依靠相互帮助、默契配合才能获得最佳体验的游戏，对于"生命"与"胜利"、"自我"与"他者"孰轻孰重的判断是完全不同的。

早在20世纪初，语言学家、历史学家赫伊津哈在《游戏的人》中就指出"游戏创造秩序"，游戏本身就是秩序。"它把一种暂时而有限的完美带入不完善的世界和混乱的生活当中。"通过游戏，"人关于自身处于某种万物的神圣秩序之中的意识，得到了最初的、最高的且最圣洁的表达"。

当然，哲人所谈论的"游戏"可能并不能直接等同于手机游戏。但是，将"游戏空间"视为"神圣空间"的转换与投射，为我们揭示了文化价值的重要性。

一方面，"游戏空间"同"神圣空间"相似，都与满足日常生活基本需要的经济空间以及从事各种事务性活动的公共空间保持着一定距离。比如，在任天堂开发的《动物森友会》中抓蜘蛛，不必担心它是否有毒；在《原神》里锤炼武器，也不用顾忌火的炙烤。

另一方面，人们倾心一款游戏，往往是因为在游戏所提供的"不真实"中，又蕴含了未被实现的可能性。因为日常是操劳的，而在游戏中可以收获暂时的安宁；因为人与人之间的误解、争执是常有的，但相互守望、彼此成就的关系也是存在的，所以在游戏中尤为注重寻找共同的乐趣，摸索与他人相处的方式。

游戏以其规则设定的行为逻辑，提供了无数种"神圣秩序"的选项，能够给人以现实的启迪与慰藉。

因此，剧情、美术、音乐等固然是游戏中展示文化的载体，行为逻辑却是游戏之所以成为游戏的媒介特殊性所在。这在一定程度上让"玩什么游戏"不单纯是一种文化消费上的选择，而且意味着一种价值秩序。

可以预见，中华文化智慧能在价值秩序的层面上进一步丰富游戏的内涵，向全球玩家提供纾解精神生活共同困境的智慧。

基于"上海创造"，提供更有效的表达方式

赫伊津哈还进一步指出，游戏是一种"诗性形式"，是人们有所表达而创造出的产物。以《原神》为契机，我们有机会找到新的渠道与空间，突破"形似"的思维局限，走向对中华文化之"神"的表达。

假以时日，不仅创作者可以避免由于刻意追求所谓"中国元素"而陷入所谓"外部凝视"，引发不必要的非议，还有助于纠正、重构西方指涉中国时的视觉符号与话语定式，从而让更多文化符号为我所用。

这不仅有利于国产游戏拓宽表现题材和手法，增进表达方式的诗性与创意，也对中国的网络小说、网络影视等在海外提升影响产生更大助力。

当然，我们不必也不能强求所有的文化产品都能提升到这一高度。归根结底，它需要健康的行业生态提供支撑。遗憾的是，一些具有垄断地位的游戏厂商和运营方，并未承担起与市场地位相匹配的责任；小型游戏工作室则难以为继，"换皮"乃至"抄袭"之作仍充斥市场，阻碍了游戏向更具原创性的方向发展。

在《风之旅人》基础上衍生出的另一款移动端游戏，竟然将"陌生人社交"等功能悉数引入，使原作品独特的交互方式和文化寓意遭到破坏。此类情况表明，一些游戏很容易变为资本逐利的附庸。

因此，有必要从市场监管方面加强引导和扶持，让游戏回归游戏本身。这既是现阶段国产游戏可持续"出海"的一大关键，也是进一步解放诗性表达空间的长久之计。

事实上，在游戏塑造的虚拟世界中，由于行为逻辑上的某种一致性，人与人之间更容易抛弃成见而形成共同语言。当人们与世界、与他人的关联通过游戏得到中介，也就意味着游戏的诗性表达涉及自我与世界的联系。它不仅跨越虚拟与现实的边界，也跨越文化与地域的边界。

国之交在于民相亲，民相亲在于心相通。游戏既是传播文化的媒介，也是拉近距离的纽带。在以《动物森友会》为代表的"开放世界"游戏中，玩家自发组织举办了从"像素画展"到专业学术研讨会等活动，呈现了游戏媒介在沟通人心方面所具有的蓬勃生命力。

作为一款同样具有"开放世界"属性、内容不断更新丰富的游戏，《原神》让我们看到了国产游戏也在积极承担类似的沟通功能，并在此基础上有所突破的潜力。

当前，上海正在打造"全球电竞之都"，游戏与这座城市正在结下不解之缘。我们期待，通过吸引更多角度的注视，游戏的意义能基于"上海制造""上海创造"得到拓展，为人类提供更多、更有效的表达与理解方式。

《橘颂》：只表达 不彰显

韩浩月

一

读了张炜中篇小说《橘颂》（刊于2022年第5期《当代》），觉得有些超出期待。这篇小说提供了一种奇妙的阅读氛围，层层叠叠，有序且和谐，冷清又温暖，时间与空间概念被突破、打碎，在一个小而完整的故事里，延伸出许多值得深思的问题，在"说与不说"之间，留给读者较为充足的想象余地，这向来是小说的妙处之一。

《橘颂》人为地设置了一圈"围栏"。就像在电影里常看到的那样，一座庄园的周边，象征性地围绕着一圈"围栏"，宣示着领地的存在与归属。而张炜在这篇小说中所设置的"围栏"，是低矮、可视且容易穿过的，小说主人公老文公所去的岸边石屋以及石屋不远处的村庄，像是一个架空的地点，他与海外的手机电话联系，是一根悬念之弦，他与村庄里仅剩的三个人的交流，颇有荒野对话的苍凉……简而言之，这一"围栏"的设置，不是为了阻挡读者，而是小说情境需要，它要让读者感受到那份孤独、宁静、寂寞、高远。

"橘颂"取自屈原《九章》篇名，开篇便写道："后皇嘉树，橘徕服兮。受命不迁，生南国兮。深固难徙，更壹志兮。绿叶素荣，纷其可喜兮。"而在张炜小说中，"橘颂"是一只猫的名字。这只猫很重要，它既是老文公隐居生活的唯一陪伴，也是作者用于活跃文风的标志性符号。屈原用于表达自身人格与理想的《橘颂》，成为一只猫的名字，这是文学创作中常见的位移技巧，张炜大概是想用以表达老文公的个人境界与思想倾向，只不过，请了一只猫代言了一部分，读者读完之后，既记住了猫和猫的名字，也记住了主人公和他的故事。

二

按照小说所述，老文公带着猫，来到没有水电暖和燃气的石屋，是想完成一部作品的，从他的年龄来看，这部作品大概率是一部自传或者回忆录。石屋生存条件保障不足，老文公所带物资又很少，因此他的这趟写作之旅，又很有荒野生存的冒险性。看他给自己和猫分配包括小鱼干在内的食物，不免乐趣中带有一点隐忧，但隐忧之后，也有些释然：一位经济条件不错的老人，之所以选择在如此环境下过一种艰苦

《橘颂》：只表达 不彰显

的生活，要么是看淡了生死，要么是想寻回赤子之心。而读者替他担忧，是出于现代生活的一种经验。可他躲开城市，又何尝不是故意回避现代生活，在记忆中去探寻一种美好与安全感？

《橘颂》的角色设置颇有意思：老文公是出走多年的回归者；老棘拐和孙子水根是乡村留守者，同时也是村庄历史的承载者与叙述者；李转莲则是城市与乡村之间的"信使"，不但可以通过流动售货车帮忙购物，也肩负村内传递信息的义务。这样的四个人，构成了一个极小型的社会，但这个"小圈子"却又像放大镜，可以投射出大社会与大历史的庞大投影。如果在阅读小说时产生一些细微的晕眩感，那是正常的，因为在极大与极小的对比中，读者感受到了些许失焦与失真，但众所周知，这是重新聚焦与重返逼真的前提条件。

老棘拐是村庄历史的讲述人，有关村庄的重大事件与重要人物，是他记忆当中的闪烁点。在老文公的祖宅和老文公居住的河边石屋中，老棘拐两度讲起老文公祖上的辉煌，这辉煌到老文公这里戛然而止，被老文公半遮蔽的作家身份，并不足以进入老棘拐一个人记载的村庄口头史。两位老人，一位负责写作，一位负责评价，他们互相交流，在不算频繁的互动当中，沉寂的山村有了复活的可能。当然，这也只是一种可能而已，谁都知道，哪怕老宅门口的石板被磨得再亮，也会被灰尘深深地覆盖。

三

《橘颂》里的山村生活，是散发着香味的，那是属于大自然的香，植物、阳光、河水、空气等自然万物互相摩擦后产生的香。张炜用简略的文笔来刻画日常中的自然，降温了，下雨了，起风了……人的触觉，慢慢地从被信息占领，转换为逐渐被大自然所占领，在盛大的天空与土地之间，山村在变小，人也在变小，而老文公所听过的以及他对橘颂所讲述的童话与寓言，却在变大。能与大自然无形融为一体的，唯有童话与寓言，它们如风帆和大船，将那些沉重的东西全部带走。

在山村，老文公重拾优雅与庄重的生活仪式感，他想请老棘拐、水根、李转莲吃顿饭，为此他颇费周折地书写请柬，郑重其事地送请柬，隆重地打扫庭院、清洁厨房、收拾菜肴，并把每一道菜都写在纸上，小说以这样的"米其林餐厅"式的宴请情节收尾，让人觉得很洋气的同时又恍然大悟，这其实是中国人过去固有的生活方式，哪怕在乡村，也有不少人曾捍卫过这种生活方式。阅读这样的情节，为什么会觉得有些新鲜与陌生呢？这恐怕也是《橘颂》想要探讨的问题——如何面对精神上的一种失落，以及在荒芜与苍凉中重建尊严以对抗岁月的损耗。

《橘颂》是篇精巧而又通透的小说，拥有自然文学的诸多元素，对人文的思索既深沉又开放。小说具有舒适的阅读感，因为它虽然描写到了孤独，但一点也不压抑，如同石屋一样具有质感与透气性。小说没有倡导什么也没有隐喻什么，正像屈原的《橘颂》那样，只表达，不彰显，不作超然物外的姿态。如此流利、有趣且具有延展思考空间的小说，值得慢下来逐字阅读和欣赏。

跨一步皆是创造，塑一形总是艰辛

沈嘉熠

沪剧多流传于上海及周边地区，虽"偏安一隅"，却不乏优秀的沪剧影视作品，如《芦荡火种》《罗汉钱》《璇子》等。

近年来沪剧除了发扬传统剧目，更立足当下，创作出一批优秀的富有新时代特色的作品，其中沪剧实景电影《敦煌女儿》令人惊艳，其作为地方剧种结合影像媒介进行了扎实而创新的艺术探索。

影片以沪剧舞台剧《敦煌女儿》为蓝本，以敦煌研究院名誉院长樊锦诗为原型，真实细腻地展现了以樊锦诗为代表的几代敦煌人扎根大漠，为守护莫高窟而无悔青春、奉献终身的故事。影片由滕俊杰导演，茅善玉主演，舞台剧原班人马共同完成。创作团队深入甘肃敦煌实景拍摄，将剧场艺术转化为影像艺术，化程式为影像，从而呈现出新的艺术生命，并荣获第35届金鸡奖最佳戏曲片奖。

《敦煌女儿》在沪剧舞台上已打磨10年，无论从剧本、唱腔到表演都已很成熟，被翻拍成电影，若仅按传统舞台艺术的记录为主，应很容易完成。但导演的创作欲求不止于此。导演滕俊杰近年来一直深耕于戏曲电影创作，遵循他"尊古不泥古，创新不失宗"的原则，每一部作品都力求有所突破。

70余年前，费穆导演为梅兰芳大师拍摄第一部彩色戏曲电影《生死恨》，两位艺术家对于戏曲搬上银幕如何既能保留传统程式，又符合电影审美有过探讨，最后形成"布景为实，表演为虚"的融合，两位艺术家的伟大合作开启了程式与影像融合的创举。在影像科技飞速发展的今天，《敦煌女儿》更是虚实并举，将程式、影像与数字科技有机结合，运用电影语言彰显戏曲的审美优势，走向戏曲电影历史与美学的新境界，也是传统艺术创造性转化和创新性发展的有力实践。

虚实互鉴　舞台写意与影像写实融合

戏曲讲究"写意"，电影重在"写实"，在戏曲电影创作中，两者一直在磨合、博弈。戏曲三大家之一齐如山曾言，程式需"处处事事都要摩空，最忌像真，尤不许真物上台"。沪剧是上海本土剧种，尽管以"西装旗袍"戏的现实风格为主，程式规范不似京昆那么繁复，也吸收了文明戏和话剧的表演方式，但角色依然分不同行当，表演以唱、念、做、舞的传统程式为基础。

沪剧《敦煌女儿》的舞台设计秉承传统戏曲的简单写意风格，运用了三面盒状结构的门框，色调和线条都较为简约，随着剧情的发展而变换灯光和背景，形成洞窟甚至洞房。电影则是在甘肃敦煌进行实景拍摄，茫茫大漠和皇皇莫高窟带给观众的视觉冲击与感染力，是舞台写意风格所无法承载的。

法国电影符号学家麦茨曾云：电影首先是空间的艺术，而后才是时间的艺术。舞台空间，观众与舞台的距离是固定的，而电影则可以通过景别、蒙太奇、镜头运动等表现方式使观众摆脱"正厅前排视点"，沉浸在影像空间里。比如影片开场，刚从北大毕业的樊锦诗坐着马车穿越沙漠，一路风沙拂面。在舞台上只能靠演员的唱词、身段和音效等，以写意方式激发观众的想象力完成叙事；而在银幕上，大漠孤烟、黄沙漫天，让观众能切实感受敦煌恶劣的气候环境，直接产生共情。

成功的戏曲电影不仅能充分利用光影，更会让戏曲程式的写意在影像的写实中找到恰当的表达，不是消减程式，而是把程式发挥得淋漓尽致。

《敦煌女儿》的"三击掌"，无论在戏曲舞台上还是在电影中都是重场戏：年轻的樊锦诗初到敦煌，凭着初生牛犊的冲劲儿与当时的敦煌研究院院长常书鸿打赌，用"三击掌"来表达自己扎根敦煌的决心。在舞台空间，"三击掌"是"前景一点实，后景层层虚"的表达，樊锦诗与常书鸿以线条椅为道具，观众的欣赏集中在唱腔、身段等程式化表演；而在电影中"三击掌"发生在莫高窟前，后景是现实的洞窟和敦煌特有的蜈蚣梯，比舞台更富有感染力。同时，为避免演员唱段延缓整体的节奏，导演把部分唱段改成念白，以全景为主，演员调度也呼应舞台空间的表达，既不消减程式，又符合电影的叙事节奏。然后镜头推近至常书鸿的近景，展现他从半信半疑到逐渐被打动的神情变化。最后两个人的手部特写形成"三击掌"段落有力的结尾。本段视听语言驾驭娴熟，把舞台的"虚"和影像的"实"巧妙融合，更细腻、真实地表达人物复杂的情绪，大大提升和丰富了整段的冲突性和艺术感染力。

境生象外　影像的诗意表达

自《周易》起中国传统美学就探讨"意象"与"意境"的关系，意象与现实贴近，意境则是作品精神世界的表达，意境产生于意象而又超越于意象。相较于舞台，敦煌的现实意象，通过镜头语言更凸显出其特别的意蕴。

在敦煌工作3年后，樊锦诗终于和丈夫彭金章团聚并进行了简单朴素的婚礼。此段表现二人对未来方向的抉择，是重要的情感段落。舞台上，演员们通过多段唱腔来表达人物内心的挣扎，情感表达较为直白；而电影中隐去了部分唱段，增添了许多生活场景的调度，加深人物与环境的联结，同时用环境的物象来表达角色情感，比直白地唱和念更富有韵味与诗意。

导演运用平行蒙太奇手法表达新婚夫妇彼此的踌躇：樊锦诗边洗碗边回忆丈夫为自己的付出，狠心在请调书上签了字；彭金章在雨中徘徊许久，回房看到熟睡的妻子依然紧抱着《敦煌七讲》，不忍她如此痛苦，便撕掉请调书。最后镜头拉开，夫妻二人在前景并肩相抱，望着后景窗外的一轮圆月。整场戏镜头语言简洁流畅，演员细腻的表演通过景别转换表现得恰到好处，手中的《敦煌七讲》、房间内一对红烛以及窗外细雨、明月等细节，不仅是影像叙事的元素，更是在意象之外体现意境，"境生象外"的影像诗意令观众意犹未尽。

影片不仅有诗意的实景表达，更用数字影像把敦煌通过现代的、科技感的方式灵动地表现出来。《敦煌女儿》在莫高窟实景拍摄，离不开对窟内艺术瑰宝的展现，但由于现场环境的特殊性以及文物保护等多方面的限制，为将具有重要意义的敦煌壁画灵动又有生机地表现出来，影片运用CG技术让壁画里的人物都"活"了起来，给传统戏曲带来崭新的视觉形态。考虑到沪剧艺术原本的程式结构和审美特性，影片中CG技术的应用主要在黑暗夜晚、荒漠洞窟等具有较高写意性的时空表达里。例如，樊锦诗初到敦煌的那晚，她主动申请留在守夜的小屋里，条件的简陋、老鼠的肆虐让这个来自大城市的姑娘内心产生动摇。"鼓起勇气打开手电把黑夜面纱轻撩起，眼朦胧似见到众圣千佛来汇齐。一边，神秘的佛陀漾起那禅定笑容；另一边，美丽的飞天架起五彩云霓，一颗心瞬间有靠依。"此处不仅以人物的唱段表现樊锦诗的执着，画面也叠化出洞窟内鲜艳的壁画，壁画上的人物渐渐舞动起来，佛像也立体起来，真的是"众圣千佛来汇齐"。CG技术打破了虚与实的界限，以数字技术的"虚拟"带给观众影像的"真实"，将世界性的艺术瑰宝活生生地展现给观众，观众和樊锦诗一起感受到敦煌的强大力量，为"万里敦煌道"赋予鲜活的、科技的光华。

在这片光华中，最耀眼的无疑是影片贯穿始终的意象符号——禅定佛陀。

立象尽意　人物有形，而气韵无尽

禅定佛像是莫高窟第259窟、始塑于北魏的佛像，"这尊坐佛长眉细眼，身披圆领通肩袈裟，衣褶纹理生动流畅。佛像双腿盘坐，两手交握，自然地收于腹前，神情庄重，沉静甜美，仿佛全然进入了一个美妙的世界"。禅定佛陀宝相庄严，是影片承担"起承转合"和人物成长的叙事符号，也是樊锦诗本人境界的映射，也许更是茅善玉塑造人物时所依照的"心象"之一。

焦菊隐先生曾指出"演员在创作时，要从外到内，再从内到外，先培植出一个心象……没有心象就没有形象"。一般说来，人物传记电影追求外形贴近人物，通过特型化装使演员尽量靠近人物。茅善玉的外形和樊锦诗不甚相似，舞台上可以不求现实的真实，而一旦被搬上银幕，对戏曲演员的考验非常大。

绝妙的隐喻

茅善玉是第一批国家级非物质文化遗产项目——沪剧的代表性传承人，多次影视剧拍摄经历使她对镜头前表演并不陌生。她在电影中结合程式和现实两种表演方式，以唱段和台词、表情结合，弱化身段，融合情绪体验，不求外形复刻，但求神情与气韵一致。

由于实景拍摄，如何克服恶劣拍摄环境，将樊锦诗真实的生活状态以影像的方式表现出来，同时又融合戏曲的表演程式，这是茅善玉要解决的重点问题。她在创作舞台剧期间曾9次带领主创团队到敦煌深入生活，与樊锦诗本人也成了忘年交。这对演员来说，是对人物非常重要的"抓型"（郑君里语，指演员以真人为模特）的过程，为其之后完成电影表演打下了非常扎实的基础。

在塑造少女时代的樊锦诗时，为体现人物的朝气和冲劲，茅善玉以戏曲程式的肢体表演为主，特别是在洞窟前的"三击掌"一段，年轻的樊锦诗表达扎根敦煌的决心，攀蜈蚣梯、甩发辫、三击掌等一连串优美利落的肢体呈现，都融入戏曲刀马旦的身段步法，符合人物积极明快的性格底色。

在塑造为人母之后的樊锦诗时，茅善玉则以细腻的现实主义表演风格为主。当彭金章到敦煌探亲，发现樊锦诗忙于工作而把不满周岁的儿子绑在床上时，发生了夫妻俩少有的一次争吵。这场戏也是两人感情线索的重场戏，导演以樊锦诗简陋的宿舍为单一场景，在镜头内形成类舞台的空间，场面调度和舞台剧同段落相比也较简洁，因此茅善玉以眼神、表情等为主，身段、唱腔等程式为辅。例如她被丈夫责怪时的委屈，看着儿子哭闹的心疼等，茅善玉都通过眼神表情来表达这些细腻复杂的情感，细节处理完全是现实生活而非戏曲舞台上的母亲所为。

这样既符合人物步入中年的沉稳，也提升了该段落内部叙事的冲突性和节奏感，符合电影的审美要求。

演员塑造人物是一个从感性认识到理性认识再回到实践的过程，不仅仅是简单的形象、肢体和行动的模仿，更要塑造人物心理、情感乃至整个精神层面。演员要越过自身的第一自我，从第二自我的深处挖掘此人物且只属于此人物的精神生活，这样才能塑造不单薄、有灵魂的角色。樊锦诗身上最难能可贵的是一种质朴高贵、刚柔并济的气质。这也许是樊锦诗的本性，更应是日日面对禅定佛陀而达到的澄怀观道境界。茅善玉最成功之处，便是表达了樊锦诗的这种独一无二的气质。

影片开始时，耄耋之年的主人公缓缓步入熟悉的洞窟。画面是大逆光，茅善玉从光影中走来，洞窟外的阳光映衬着她瘦弱的身影，如同万丈佛光衬托的禅定佛像。在这片光影中，茅善玉气定神闲地开唱，回忆坚守莫高窟一路走来的风雨艰辛。大道至简，此刻演员没有过多的调度、台词和表情，眼神和气质却最与樊锦诗相似，不是因为化装造型，而是茅善玉表达出的淡定、从容和宁静的神韵。

当影片进入尾声时又首尾呼应，镜头再一次展现了壮观的敦煌全景。茅善玉扮演的老年樊锦诗信步走在栈道上俯视着茫茫莫高窟，镜头闪回了一连串她在洞窟内外工作的场景。茅善玉抚今追昔，开唱《敦煌女儿》的主题曲。随后她来到莫高窟九层楼前，转身背对镜头仰望高楼；伴随着悠扬清澈的风铃声，人物缓缓叠化转身——恰是现实中的樊锦诗。

现实中的樊锦诗面对镜头，眺望远方，如同禅定佛陀展露清雅的笑容，透射出她清净超凡的气韵。

这一刻，表演与现实融为一体，虚虚实实，万象归一，影像的瞬间在银幕上凝固，唯有画外风铃声飘荡，韵味深长。

著名导演桑弧在拍摄彩色越剧电影《梁山伯与祝英台》时，按电影审美，结合实景与绘景，重组戏曲叙事。该片在20世纪50年代以当时的技术展现戏曲影像的魅力，但由于题材和技术的局限，仍以"歌与舞"的舞台记录为主。在媒介技术飞速发展的今天，戏曲艺术是否能形成新时代的创新性审美？电影《敦煌女儿》以现实题材戏曲结合敦煌实景，成功地把叙事节奏、空间调度与程式表演向影像审美转化，展现戏曲在跨越媒介后更强的艺术感染力，是传统艺术的创新性审美，也是弘扬民族文化自信的影像实践。

美的凝固与流转都是城市美育功能的实现

吴心怡

浦东美术馆转眼已开馆满一周年了。回想当初开馆时展厅里人潮拥挤、摩肩接踵的场面,依然历历在目,如同不能散去的梦幻。

7月1日恢复开放后,原定6月5日撤展的"水之域——法国凯布朗利博物馆与弗朗索瓦·施耐德基金会馆藏展"仍延续展出,这都让喜爱这座美术馆的人感到安慰。

浦江两岸,值得一逛的艺术场所极多,其中不乏历史悠久者。而这个坐落在陆家嘴"三巨头"脚下、仅高30米的"白盒子"建筑,却独以"浦东"为名。出自建筑大师让·努维尔之手的设计,乍看却朴实无华,巨大的反差曾让不少人感到费解。不过,浦东最具未来感的陆家嘴已经拥有了许多高楼大厦,缺的正是一个使人安宁的角落。白天,浦东美术馆以自身的内敛与简洁,填充了浦江东岸的缺角。到了夜晚,沿江的整面大玻璃倏忽变相,化作流光溢彩的投影屏幕,成为面对外滩的艺之窗。更不用说，在提供了有口皆碑的高质量的展出以后，这座美术馆已由最初一些人口中的"反地标"，变成文化地图上不可抹去的新地标。

遥想当初重磅展出的名作《奥菲莉娅》来自英国伦敦的泰特美术馆，吸引了各方人士前来参观。其布展富有学术性，给慕名而来的访问者留下了深刻印象。参观者在来到这幅画之前，首先需要通过一个由可视化的解说组成的空间。朱生豪翻译的《哈姆雷特》的原文片段、橱窗中的莎士比亚原著，都提醒人回想起莎剧里那段让人心碎的情节。墙壁上的绘画线稿，又将参观者拉向了100多年前这幅绘画创作的过程。对于很多现代绘画而言，绘画即是绘画本身，而对于这一幅创作于19世纪的作品，画面与文学的关联是不可忽略的。这种布展方式是专为呈现《奥菲莉娅》而量身设计的。该作品最终的细节也在墙壁上加以放大展示，尤其以文字形式解释了环绕奥菲莉娅的植物在19世纪的英国所对应的寓意，如毛茛象征哈姆雷特对奥菲莉娅的辜负，三色堇象征哀思与徒劳的爱情。这些植物，与莎士比亚笔下奥菲莉娅死亡场景中出现的植物——横垂的树枝、手中的花环互相呼应。米莱选择这些植物进行描绘，就是借鉴了它们各自的寓意。通过这一解说空间之后，参观者可以利用获得的新知识，结合自身体验，搭建自己对《奥菲莉娅》的理解。这样高水平的布展，在浦东美术馆的其他大小展览中屡见。借由这样的展陈，知识得以直观地呈现，美术馆变成了既是展馆又是教室的双重场所，实现了它对于城市的美育功能。也是打动人心的布展，让美术馆变成了一个"不只去一次"的场所。

馆内绝无仅有的超高展厅"中央展厅X"，则实现了展示空间与创作载体的双重功能。去年，任何一个到访浦东美术馆的参观者，都不会忽略此处由LED灯管组成的奇观装置《与未知的相遇》。该装置出自艺术家蔡国强的创作，在浦东美术馆压力测试期间就悬挂在此。闪亮的灯管组成了从古代玛雅图腾到宇宙飞船的不同画面，象征着人类对于宇宙的想象与探索，在马达的作用下旋转，光怪陆离。作为一座新建的美术馆，浦东美术馆的内部空间具有多样性，大小高低各不相同，提供了容纳不同尺寸的美术品，呈现创造性布展方式的可能。"中央展厅X"这个超过30米的超高空间，在上海的美术馆中更是绝无仅有的。它不仅可以容纳其他美术馆难以容纳的大型装置，也提供了让艺术家挥洒创意的舞台，任由艺术家"量身"创作新的大型作品。在浦东美术馆开馆一周年之际，艺术家徐冰为这一空间创作了新作品《引力剧场》，将为参观者带来新的视觉体验。

当然，美术馆自身也应是美的发生器。浦东美术馆无处不在的"框景"设计，使得它在这一年里成为微博、朋友圈、小红书等社交平台的"打卡圣地"。受到感召的人们常常在最具特色的"镜厅"徘徊眺望万国建筑群，也时而在走廊的方形窗口驻足，欣赏各种视觉切割下只露出一角的东方明珠。馆前不太长的滨江走廊，由于正对外滩远景与斜阳下的波光点点，更成了人们赏落日、看晚霞的知名场所。不少艺术创作多发自留住瞬间的渴望，"打卡"的动机也是如此。镜头捕捉到不一样的风景，或许也是受到美术馆中作品的启迪。翻看他人分享的浦东美术馆瞬间，发现曾经访问的场所呈现出了不一样的风景，常常会带来一种新鲜又熟悉的感动。这时就会明白小小美术馆以"浦东"为名的原因——"打卡"中的风景，呈现出了仅在浦东能感受到的特殊文化气质，仿佛美术馆化作一个凝固了上海的昨天与今天的装置艺术，而参观者也融入其中，变成了艺术品的一部分。

盛夏时节万物繁盛。想必这座白色艺术幻方会在它未来的转动里，为人们带来更多关于美的感触。

《梨园》的交响化与当代性

彭 菲

民族管弦乐的创造性与未来性特征,始终贯穿于其传承与发展的历程中。近百年来,民族管弦乐先后经历了"拿来主义"与"重塑再创"两个重要发展阶段:拿来主义,是民族音乐受西方音乐的影响,吸收并借鉴西方音乐创作与演出形式,形成了民族管弦乐的雏形;此后,"重塑再创"又一直是民族管弦乐自觉更新的理性选择。而大型民族器乐协奏套曲《梨园》作为一个成功的当代实践,不仅呈现了民族音乐独特的艺术价值,也凸显了民族管弦乐的音乐主体性和民族文化身份。

创造新结构

《梨园》是由贾达群作曲、上海民族乐团制作并演绎的当代民乐作品。通过以民族戏曲为基本内容的空间符号,在观念、技术与美学方式等当代视野下创作的作品,在某种层面上回应了中国民族音乐如何走向当代的时代需求。作品通过音乐和听觉的对接，从"梨园"丰富的内涵中提炼精神性资源，并以当代技法赋予作品当代性色彩。

作品共分四个篇章：以中国独奏打击乐、川剧锣鼓为主体的民族管弦乐《序曲·梨园鼓韵》，以竹笛为主体的民族管弦乐《随想曲·梨园竹调》，以二胡、京剧三大件为主体的民族管弦乐《即兴曲·梨园弦诗》，以唢呐为主体的民族管弦乐《狂想曲·梨园腔魂》。多重性语言架构与多层次情感表达的有机结合，传统音乐元素的活用，体现了作品深度的历史感；当代技术与技巧的改造和提升，又超越了传统与现代相结合的表层。心灵贴近传统，目光投向未来，《梨园》实现了美学情感与结构的一次自由表达。

作品以双重叠构方式创造新结构。"梨园"主题，在作品命名与蕴含于作品中的情感对应，具有两个层次的主题意向。这两个层次的音乐形象，在音响的动态结构中有所区分、有所交织，构成一种结构复合体。梨园的戏曲元素、传统戏曲乐队组合形式、旋律音调，用"同构异质"的方式在所指与能指的意象中，成功地营造出作品表达的隐喻情感。在每个乐章的曲式结构中，作曲家分别采用了奏鸣曲式、回旋曲式、变奏曲式等多种曲式特征与手法，实验于创作之中。序曲、随想曲等音乐体裁感增添了乐章之间整体架构的功能意义，将民族器乐曲引向国际化审美范畴音乐形象的认知高度。

《梨园》的交响化与当代性

民族音乐的民族性与当代性，需有机融合在民族管弦乐的艺术机体中。民族音乐的声音张力与交响戏剧性融合，形成新音乐结构，才能建构当代性。它既是技术的，也是情感的。《梨园》选取四个剧种、四种音乐性格、四种音乐气质，只有在交响戏剧性结构基础上，才能在各自强烈的风格特征下，形成完整的管弦乐作品。结构逻辑之上显然对应着不同的文化符号，而在遵从"梨园"主题大框架的结构下，川剧、昆曲、京剧、秦腔以一种新的方式与民族器乐产生互动，并营造出带有现代特征的戏剧性色彩与现代人文色彩。音乐文本中可感知的结构部分，都依据国际化音乐语言的通用性体裁定位的"抽象系统"，使作品个性化的文化色彩在有机的建构中形成一个独具特色的音乐表现整体。在精神、结构、体裁、风格等各方面，共同建构有关梨园的当代叙事结构模式。

塑造新音色

传统民族乐器的当代性，需要在《梨园》的乐队编制中塑造新音色。作品中，弹拨乐组是产生音色变量最大的乐器。例如，增加高音声部的柳琴，从通常的2把增加到4把，利用其高音频波尖锐的穿透力产生独特的声音质感。超常规的编制，源于对音质和音乐塑造的需要。作品强调柳琴展现某种音响特质的特点，刻画所需要的音乐形象。作品中川剧、京剧、秦腔等部分的声音，均为穿透力和张力性较强的戏曲种类，需要柳琴的音波作为与乐队整体平衡音效的支撑。这种安排，高音区音频反而更加需要突出，用以还原民族管弦乐在表现传统戏曲音律时所希冀达到的音腔特色。乐队编制中还使用了2台不同调性的古筝，来增添乐队音响的色彩层次。双古筝的使用在民族管弦乐的配器中并不多见。而《梨园》对双古筝的运用方式，突出强调了民族乐器的音色元素，使之更具风格和魅力。

打击乐声部的组成形式是《梨园》乐队介质的另一个特色。作品中打击乐的编制为7人（川剧打击乐需另配6人）。这7位打击乐手还分别兼顾演奏好几样打击乐器。这个庞大的打击乐声部，相当于7组独立的打击乐声部同时在舞台上演奏，形成打击乐器复杂多彩的音色组合方式。

乐队编制的"超常发挥"，使得《梨园》具有了独特的音乐美感。而其音响的呈现也可谓独树一帜。在打破常规、追求新意的同时，遵循艺术创作的本质需求，用声音介质找到适合情感的技术表达，试验适合民族管弦乐更好表现方式的乐队形态。

《梨园》的音乐质感，存在于新音色中。这些音质的基础虽然建立在器乐物质中，但它在需求表达的同时，寻找着属于这部作品的表达音质，所以对于器乐物质的选择必定带有创作主观意识，而这种主观性又具备以突破常理而获得存在的合理性。

设计新音场

新音场是经过指挥与作曲家的精心布局、乐队的整体呈现，共同完成建构的舞台空间。共同设计、科学安置乐队的声部位置，并在实验中进行论证调整，才能确保在复杂的声部配合中，取得良好的音乐效果，从而表达出作品与乐队演奏的最佳音响质感与层次。《梨园》乐队的音场设计既遵循传统规则，也有颠覆性的差异化改造，是在双重融合平衡基础上，理性调整音场概念、开发乐队布局的空间创新；并根据预设和实际音响效果，形成作品演奏所必须具备的特殊声场。在有据可依的声场中不断实验，以期达到运用最佳音乐的声音介质和最充沛饱满的音场，才能适应《梨园》民族管弦乐所设计的表现特质。

打击乐声部是最具空间控制力的音场元素。梨园在6组打击乐配置上再加上定音鼓，安排在乐队后方第三层平台上，形成对舞台空间的半包围圈放置。按照声部编号相对应的声部关系位置有序排列，相互之间形成与声音空间的对话，与乐队发生有机有序的关联。而吹管乐声部则位于打击乐前方，中音笙与低音笙被安排在中间位置，以形成中流砥柱般的低音功能……丰沛的打击乐力量及声音，需要有相谐和的乐队声音支撑，与形成乐队的音响平衡和声音层次的交响，构成音场的阵式空间与音色的层次。

《梨园》音场建构中有意识地形成"大中有小"的乐队形式。以传统民族器乐的表达形式为基底,以段落式、有设计感的特色乐队演奏形态为基础单元,既能在传统和当代融通中形成介质的高度关联,也能展现多层次的形态意义。在乐章与乐章的连续性运行中,这些乐段可在演奏场域中,转变和调整视听的焦点与形式。如第一乐章中,川剧锣鼓被放置于第三层打击乐平台,作为音乐会开场的形式,锣鼓齐鸣的音响贯穿整个音乐厅音场,声音起伏再落下,渗透进听众的意识中,沉淀为音场意识,听众被带入一种穿越时空的梨园意象之中。第四乐章中,大乐队模仿中国戏曲中紧拉慢唱的表演形式,弦乐采用固定音型反复演奏,主旋律由乐队中的唢呐声部进行演奏。作曲家对这一段唢呐使用了赋格对位的写作技术:旋律技巧、音乐风格、唢呐音色等特质互为一体的演奏模式,在乐段中形成了独特的音乐表达形态,以唢呐群组为声音聚焦,产生与乐队之间的文化对话。"大中有小"的乐队编制,不但在视听场域中产生了不同的音乐空间与音响效果,也为作品增添了浓厚的地域文化和乡土气韵。作品创作的思想和艺术元素来源于传统戏曲文化,乐章的格式却是借鉴国际音乐语言通用体裁定义,并遵从中国戏曲的元素规则。序曲、随想曲、即兴曲、狂想曲的体裁提示,尤其是两项体裁(包括内容、形式)分类之间的间隔符,强化了中西方音乐表述格式互补互融的对应关系,表达出体裁的语境和释义。

民族管弦乐要实现当代化与全球化表达，需要进一步交响化。作品结构、乐队形态、舞台空间等都要实现有机交响与融合。除了技术层面的"交响"架构，更需要思想内涵的融合。从这个意义上而言，《梨园》实现了一次现代作曲技法与传统文化符号的交响性融合。

有烟火气的善，是《人世间》温情的价值选择

李 佳

央视热播的开年大剧《人世间》，是根据梁晓声获茅盾文学奖的同名小说改编的年代剧。近年来，年代剧的热度越来越高，如2021年的《山海情》《乔家的儿女》等剧叫好又叫座，而《人世间》则展现出更长的时间跨度、更宏阔的历史视野。该剧讲述了周家三代人近50年跌宕起伏的人生，在他们身上既有中国社会剧变的缩影，也有平凡人命运的起伏。

对于作家梁晓声而言，小说是其"圆梦之作"；对于观众来说，此剧可谓一段"中国百姓生活史"。随着剧情的深入，我们不禁沉浸于它的宏大与幽微、真诚与悲悯、质朴与深沉之中，那些留存在光阴里的记忆渐次复苏，带着深切的苦难、辉煌，刺痛了每个人，也抚慰了每个人。在《人世间》中，观众找到的是人间真实、生活况味，也是逝去时光；是他者、至亲，也是自己。

有烟火气的善，是《人世间》温情的价值选择

一

李路导演说，如果我们拍这部剧，使年轻人对自己的父辈乃至父辈的父辈有一种全新认识，那就算成功了。为了达到这种"认识"，剧组搭建出一个真实的、富有年代感的叙事场域。《人世间》的故事发生在北方，确切地说是东北。这一点，剧中并未"明指"，但它所展现的风土人情、悲欢离合、柴米油盐，特别是冰雪，都指向那方土地。

《人世间》里的雪，不只是雪，而是回不去的时光，是孕育了一代代人精神的摇篮。故事从冰雪里出发，又在冰雪的凝聚、消融间，完成了人物的离别、相聚和成长。雪装点着低矮的红砖房，铺平了坑洼的泥土路，在这冰雪的世界，木栅栏颤巍巍地开了又关，寒气在一方方简陋的土炕上消融，人物也因之而灵动、丰满。周家老三秉昆到木材厂上班，干着最吃力的搬运工工作，木料上都是雪，身上、手上也是。冰雪中，木料显得厚重坚实，如同工人的脚步，这是那年代特有的脚步。那个除夕夜，老周家没能团圆，秉昆却还放不下另一家更不幸的人，他在郑娟家门口踟蹰，在雪地上踩出了深深浅浅的脚印……

不只冰雪，还有很多嵌进生活里的细节，都不经意划定了主人公的世界，塑造出他们的性格和命运。剧中"六小君子"

抢购的猪肉、曲老太太送的红糖和白糖、送信的邮差……一点点打捞起逝去光阴里的符号。浓墨重彩的新年，每一个都过得够味儿，噼里啪啦的鞭炮声，红红火火的春联，热气腾腾的饺子，喜气洋洋的笑脸……浓缩了平凡人的团圆喜乐，也反衬着那个年代无可逃避的离别忧伤。周家生活的社区"光字片"不仅是主要的叙事场域，也筑起一道结实的墙，隔开了留城和下乡、支边的亲人们，隔开了身份悬殊的家庭，改革开放后，又隔开了经济高速发展地区和相对滞后地区。跌宕起伏的悲喜剧便诞生在这样的现实差距里。

生活空间与人物间的联系，如美国作家科尔森·怀特黑德所写："这座城市比任何人都更了解你……街道像一本日历，记录着我们的过往和未来。"影视剧是对生活的摹写，而生活的真实正是影像的真实。《人世间》里的人物之所以活灵活现、故事之所以动人心弦，离不开接地气的场域。据报道，为构建"光字片"，剧组曾走访过多地，并搭建了3万平方米的摄影棚。这些剧中人物生活过的地方，就像一位默默的关注者、安静的倾听者，它似乎不参与生活，却铺设了全部的细节。总有一天，我们会发现：人是离不开"他的城"的，只有身在其中，才是完整的自己；一旦离开，那里即将成为"故乡"或"记忆"，被永久珍藏。《人世间》所唤醒的，就是这样的记忆。

有烟火气的善，是《人世间》温情的价值选择

二

要将一部115万字的文学巨著在58集连续剧中呈现，势必要删掉很多情节。编剧的高明之处在于，紧紧围绕着人物改编，删掉了"细碎"部分，让人物贴合时代"瘦身"、成为时代变迁的缩影，从而将中国近50年的巨变，浓缩在"光字片"和周家三代人以及其亲友身上。当主人公带着厚重的岁月烙印走来，我们也真切地看见了时代激流、听见了时代叹息。

一张停留在20世纪60年代、怎么也等不到"下一张"的全家福，一个搬出搬进、如何也离不开的"光字片"，一群起起伏伏、吵吵闹闹、境遇各不相同的好朋友……凡人的悲喜那样具体而卑微，却又细密地记录着诸如知识青年上山下乡、支援"大三线"建设、改革开放等时代大事。个人的命运从来也离不开时代的潮起潮落，他们的悲喜是最鲜活的时代表情。但凡略有了解乃至走过那个时代的人，又怎能不为之动容？我们多少从中看到了自己，更找到了平凡与伟大、微观与宏观至为感性的联结。

看《人世间》，总让人联想起《平凡的世界》，大抵优秀的作品总是相似的，二者都以真诚、悲悯、近乎庄严的手法书写小人物。其可亲之处在于，从未试图放大或美化主人公，而让他们保留着最朴素的面貌、最真实的不堪；其可敬之处在于，

对于主人公的行为有意识地加以提炼、取舍，坚定地强调了善，保持了道德底线。

在《人世间》中，我们一次次被世间真情所感动。周父、周母的舐犊深情，秉昆和妻子郑娟撑起家庭重担的坚韧，曲老太太和金主任等老干部对党性原则的坚持……小人物的善，从家长里短、柴米油盐中，点点滴滴地渗透出来，成为充满烟火气、触手可及的善。刻画这样的善，是《人世间》最温情的价值选择，它让观众看见并相信"人间值得"，进而深深爱上主题曲中所唱的那一句，"平凡的我们，撑起屋檐之下一方烟火"。

舞台剧《觉醒年代》：互文叙事中追问价值

廖夏璇

由上海话剧艺术中心制作出品的舞台剧《觉醒年代》改编自同名电视剧，通过两个多小时的呈现，将原本43集的电视连续剧揉碎、重构后搬上舞台，以舞台剧特有的艺术语汇，塑造了百年前进步知识分子和热血青年群像，展现了中国近现代史上一段追求真理、燃烧理想的壮阔画卷。舞台剧《觉醒年代》中历史文本、电视剧文本和舞台剧文本不断交织、碰撞和融合，这种由多文本"越界"带来的叙事层次感，以及由这种层次感所带来的多维度审美体验，构成了其独特的互文叙事美学。

互文性通常指两个或两个以上文本间发生的互文特性。互文性理论注重文本间的相互指涉，强调单个文本的意义产生于其与其他文本的关系，产生于和其他文本的相互交织作用之中，强调在文学研究中把单个文本置于文学传统和大的文化语境中进行观照。这为我们观赏舞台剧《觉醒年代》提供了一个独特的视角。

从互文性的视角来审视该剧，我们不难发现互文性是其基本叙事策略。创作者在多重文本的互文结构中游走自如，并使得舞台剧文本的意义在多文本相互交织的关系中得到凸显。总体而言，该剧的互文结构主要包括以下三个层面：

第一，是历史文本与电视剧文本的互文，即电视剧编剧龙平平如何在电视剧《觉醒年代》中处理1915年至1921年6年间发生的相关历史事件。这层互文关系，为舞台剧的跨媒介改编夯实了文本基础。在由历史文本向电视剧文本转化的过程中，编剧坚持了"大事不虚、小事不拘"的历史剧创作原则，处理好历史真实与虚构的关系，实现了叙事风格的青年化、时代化。

第二，是舞台剧文本与电视剧文本的互文，即舞台剧编剧喻荣军如何以电视剧《觉醒年代》为素材进行跨媒介改编和转译。这层互文关系，不仅指舞台剧文本在叙事诸要素上对电视剧文本的借鉴，还包括主创人员以契合舞台剧的艺术语汇对电视剧文本所做的提纯。一方面，在历史真实转化为艺术真实这一环节，电视剧文本已在情节结构、人物塑造、表现风格等方面做了大量基础性的工作，舞台剧编剧选择以电视剧文本为建构舞台剧文本的基石，无形中为舞台剧带来了某种天然的内聚力和统一性。另一方面，这种选择并非外在情节的物理性裁剪和拼接，它需要主创人员充分考虑舞台艺术的时空特性，用其擅长的艺术语汇去重述这段革命历史，是同样的"食材"

经过不同工艺的"烹饪"后，得到的又一道滋味和而不同的"大餐"。

这种工艺集中作用于两个方面：在人物塑造上，强化了电视剧文本"不预设人物"的特点，没有刻画生而伟大的人物形象，而是紧紧抓住思想这个关键词，将他们放回到历史现场，在个体生命与时代的有机关联中去叩问人物的内心，剖示了不同人物的心灵成长曲线之于其外部行动线的统领性作用，并以此为重构情节的基本原则，将这段心灵史从荧屏"转译"到舞台；在表现手法上，由文本、舞美、灯光相互作用而共同营造的叙事情境，以及反复被使用的多媒体手段，不仅成为该剧叙事的重要组成部分，也为戏剧舞台的建构提供了独特的技术手法，它把数字技术融入戏剧实践，使空间、媒体和现实相互交融，引领观众进入一个特定的表演场域和心理空间，使他们感知到由不同媒介之间的互动而产生的特殊审美体验。当陈独秀踏上从日本归国的轮船，李大钊远远地问他："海上夜黑，你不怕吗？"陈独秀答道："心里有光，就不怕黑……"虽然，这个经典的道别场景"转译"自同名电视剧，但创作者对它做了不同于电视剧的艺术处理：两个胸怀理想的热血男子，与舞台上冰冷的钢架轮船和暗调的氛围光之间形成了鲜明反差，这种带有强烈隐喻意味的情境，实际上更像是对两位知识分子心理空间的剖示。这是创作者对电视剧所展现的现实场景进行浓缩、变形和内化的结果，是一种真正属于戏剧舞台的独特情境。而这样的情境在该剧中比比皆是，它们脱胎于电视剧而又呈现出舞台剧特有的艺术风貌，也正是在这种"和而不同"的交融中，舞台剧文本与电视剧文本之间的互文性得以确认。

第三，是舞台剧文本与历史文本的互文，即舞台剧编剧喻荣军如何于电视剧文本的"中介"作用之外，在舞台剧文本中直接注入自己对这段历史的独立思考。电视剧文本是舞台剧文本改编的重要依据，但绝不是唯一依据。或者说，舞台剧文本对电视剧文本的改编，必须建立在编剧大量阅读原始文献的基础之上，它所呈现的历史观、价值观，是编剧在历史真实中寻找与电视剧编剧的共鸣而又保持独立思考的结果。在舞台剧《觉醒年代》中，这种独立思考尤其体现在一众知识分子与其爱人之间的对话一场。在这里，该剧不吝为这些知识分子的爱人集体预留出一块独立的抒情空间，让她们从"背后"走向"前台"。这部作品中"她"的出场，承担了比风花雪月更为深层的使命，"她"在剧中既是自己，也是自己的爱人——那些先进知识分子之所以载入史册的助推力，是"他"的人格之塑造得以完成的不可或缺的催化剂。可以说，如果抛开这些背后的"她"，我们对那些走入史册的"他"的考量，难免是残缺和片面的。这一点虽然电视剧文本也有涉及，但舞台剧文本的处理无论在篇幅还是情感上，均要浓烈得多。

这种层层相扣的互文结构，既是一种叙事策略，也是一种价值追求。它不仅对舞台剧《觉醒年代》美学风格的确立起到了重要的作用,也渲染了历史文本、电视剧文本和舞台剧文本三种不同介质文本的共同内在价值指向——"天下兴亡,匹夫有责"——中国知识分子永不过时的信仰。当然,首演版舞台剧《觉醒年代》并非无可挑剔,尤其在对第二层面的互文性——舞台剧文本与电视剧文本互文关系的处理上,舞台剧编剧对情节的取舍多少有些放不开手脚,使情节点的串联还不够一气呵成,对此尚需要进一步追问与改进。

画面喷薄而出，超越故事的庸常

任 明

观看《雄狮少年》之前，我并不知道该片因为人物"眼睛小"而惹起的争议。虽然，我觉得片中三位留守少年的形象设计并不讨喜，但这大概与该片试图尽量贴近现实的影像风格有关。观看过程中，我不断为影片画面之美而暗自赞叹之际，也不禁为影片故事的庸常而感到遗憾。

好在，片尾舞狮大赛那场戏中，热血燃烧的画面与激动人心的节奏终于喷薄而出，超越了故事的庸常，超越了人物的模式化，令观者热泪盈眶。

那一刻，我看到了信念的力量和信念之美。这美，几乎可以不经过叙事，用画面即可以表达。它使我看到，国产动画如何迅速在技术上登峰造极。这让我自豪，也令我有点遗憾：画面美得昂立群山之巅的《雄狮少年》，为什么只能讲这么一个庸常的故事？

从导演孙海鹏接受采访时的自述来看，他从一开始就并未对剧本做太多要求："少年成长题材的剧情基本是一个套路，《雄狮少年》也不例外""如果想要钻研出故事套路需要时间和运气，所以我希望让故事变得简单，在简单的故事里加进丰富的情绪，比如少年成长的疑惑，他们的喜怒哀乐，还有师父咸鱼强和他妻子的中年人情感……尽量在故事框架里去填充多个面向的感情"。可惜，这一"策略"被证明是影片最大的失误之处。因为，如果不能将一个"原型"故事讲出独特之处的话，这个故事就失去了存在的根基与必要。同样是国产动漫，被讲述了千百遍的大圣与哪吒的故事，就是因为挖掘出了"人物"的血肉与时代的共鸣，才又一次打动人心，让观众为其埋单。《雄狮少年》的题材虽然足够现实、足够当下，但因为人物的符号化，而使得影片缺少能够真正唤起共鸣的情感。

以留守少年为代表，表现主人公不断努力、超越自我的青春热血，这原本对每一代人、每一个人都具有激励与自我观照的价值。当自我超越的精神与信念，随舞狮场面而在银幕上"炸裂"之时，观众能够感受到这些随着缤纷的色彩、舞动的光影扑面而来的信念的力量。然而，这瞬间的感动、这视觉力量的营造虽弥足珍贵，却无法提升整部作品的成就与境界。

对此，我没有答案，只能为其惋惜。以我自身的观影感受来说，该片用美轮美奂的画面，来讲述留守少年自强不息的故事，其间所产生的真与假、写实与美化、温柔与残酷之间的张力，让人拿捏不定。对这一高度现实化同时又高度符号化的叙事，观众在观赏时的心态，其实颇为左右为难。因为，其所讲述的现实太过符号化，其符号的呈现又太过令人心焦或太过俗套：留守儿童、打工者的辛苦与飘摇；缺乏惊喜的情节转折与应对，模式化的人物性格与叙事结构……当这一切，与"超越自我"的决心和意志联系在一起的时候，我们作为观众，几乎可以代替导演谱写这一剧本，而导演也确实没有给我们带来任何出乎意料的惊喜——除了影片动画制作的水准，除了铿锵有力、毫不拖泥带水的结尾。

除了一幕。在舞狮大赛那场戏中，导演将舞狮场面表现得天真、华丽而令人热血沸腾。那一刻令我感到，中华美学不仅有所安顿，更有着无限的潜力——只要我们都能像那一幕那样，表现出真实而令人信服的精神的力量、信念的力量、美的力量、团结的力量。

师父咸鱼强以45岁"高龄"顶替阿娟参加舞狮大赛，因为缺少辅助狮头而被众人围攻，原本准备去上海打工的阿娟上场解救师父，这令人心潮澎湃的一幕，非常符合中国人重情义的传统精神；阿娟和阿猫在舞狮过程中冲破道道险阻、勇攀高峰，体现的是信念的力量；众舞狮队在阿娟挑战擎天柱时，为其击鼓打气，体现了团结的力量。影片将狮头之美、其作为文化象征物的美好与纯粹，表现得如有神在。作为观众，你很难不喜欢狮头及那双大眼所代表的文化超然性，其与舞狮者相结合时所表现出的文化亲和力。这一幕的画面之美与精神力量之饱满，令观众感觉眼前的画面仿佛在喷薄而出，有一股精神力量在燃烧。

这是动画片的优势，能够表现出这种冲破银幕的精神力量，令人对国产动画的未来充满期待。仅为这一幕，我认为，《雄狮少年》就是值得赞赏与观看的，值得观众为之"击鼓"。

从《西游记之大圣归来》《大鱼海棠》到《哪吒之魔童降世》，这几年国产动画电影几乎一步一个台阶地发展着。《雄狮少年》的制作水准与画面之美，我觉得不逊于当下全世界任何一部动画作品。面对片尾都是中国人名字的制作团队名单，足以令几年前还在讨论到英、美、韩等国做后期孰优孰劣的电影圈，感到自豪与欣慰。国人在动画制作技术水准与美学水准上的进步之快，令人赞叹。剩下的，就是好好讲一个故事、讲一个好故事了。

《雄狮少年》让观众看到了标准化叙事所能达到的美学可能性，但也看到了这种标准化叙事所给人带来的倦怠感。在画面技术与美学之外提供有关文化与世界的多种思考，或许是接下来国产动漫可以思考的方向。

纪录片《中国》提供观照传统的另一视角

黄 轶

大型人文历史纪录片《中国》第二季延续第一季的叙事结构，通过具有代表性的历史人物和历史事件勾连起历史的经纬，以思想、制度和文化发展即"何以华夏，何以中国"的文化叩问为主线，"艺术化呈现了中国人的文明源流与精神底色"。

在这个颇不宁静的春天，这部纪录片电影般的画质、温厚沉浸的旁白、精妙悦耳的配乐、简约唯美的布景，既是对历史的一次回眸，也是对人心的一种慰藉。在历史褶皱处，在时代悬崖上，那些苍生中的卓然不群者，如李白、杜甫、刘秉忠、八思巴、关汉卿、海瑞、张居正、徐光启、张謇等，或以世事洞明之心智、经天纬地之功力挽狂澜于既倒，叩问民族命运的规则；或以转身成侠的故事，向渐渐驶离的世事航船丢出最后救赎的绳索；或以诗句与文章拥抱人心的无助和苍凉，映照着今天的世道人心。

"我们感动于这些渺小又倔强的个体,能构建出如此厚重博大的文明!"当今天的观众写下这样的感悟时,厚重的历史与蕴藉在历史里的中国精神,正以一种生动而具象的方式让今人感知与思索。

一

如评论家李敬泽所言,《中国》"不是王朝史,也不是一般意义上的文化史,这是精神史、心灵史,所选的,是中国精神的关键时刻;展现的,是中国心灵的星图"。《中国》第二季用十集篇幅梳理从盛唐拐点到辛亥革命,纵览千余载思想源变。

前五集分别为"惊变""梦境""大都""市井""臣子",叙述围绕着民族命运主线展开。以大唐由盛转衰的安史之乱、李白和杜甫的命运跌宕为开篇,依次呈现了唐代诗歌鼎盛、宋朝美学繁荣、元曲兴于市井等繁盛图景,也展现了元朝民族大融合、明代张居正改革等历史变迁。

后五集依次为"季风""大帝""觐见""实业""革命",更多将一种多民族融合的专制政权视域与面向世界的开放眼光相结合。正如第六集的片名"季风",随着大航海时代的到来,中外交流的大跨越就像季风一样吹进了中国读书人的书斋,也吹进了皇帝的朝堂。郑和船队下西洋,马欢的《瀛涯胜览》,徐光启的《农政全书》,康熙平定三藩……一系列重要的历史事件在

《中国》的影像中一一重现。其中的一条清晰脉络就是，读书人越来越"突破既定的道德伦理和政事为学问的藩篱"，将目光朝向了更广阔的外部世界，中外文化的相互打量已在所难免，关于国家再造的整体性思考和制度建设也一直都在探索中。

这部纪录片里中国成为"世界视野中的中国"，则可能为观众提供了观照传统的另一种视角。

二

"选角"是《中国》第二季的重头戏。本季的整体视域当然离不开"庙堂之高"，正是因此，它在历史的真实性上做了不少考据，并充分调用了"情景再现"的拍摄手法，试图还原历史现场，让观众能够设身处地地与古人共情。

当然，纪录片不是"正史"，它的立意不在为帝王将相树碑立传，所以在"大一统"的叙事主轴外，《中国》第二季的角色遴选，对那些逸出或者偏离朝纲的"江湖之远"也满怀温情和敬意。在其多层面的叙事空间里，那些激扬文字的诗人、任性放达的狂士、归隐故土的名绅、护佑平民的文侠、交接异域的先锋都有着精彩的出演，其清晰的民间立场和朴素的市井色彩令观者印象深刻。这体现出创作者对历史上那些独异的生命个体的体贴和尊重，渗透出压抑不住的人本主义、民间本位思想观念，蕴意厚重。

三

在后人热切的叙述里,李白是"狂士"的典型。他任性明亮,就像一个传奇,而实际上他挣扎得用力至怪诞,也承受了最紧的束缚。作为长安客,纪录片《中国》里的李白甚至有些颓废,盛唐饱满多汁的自信,在他最骄傲最不羁的笔墨下一点点干瘪。诗意昂扬的人生背后的落魄不堪,让人扼腕叹息!不过,当故友杜甫以惊风落雨之笔,为他写下"笔落惊风雨,诗成泣鬼神"的定论,就足以证明他光耀日月的才华了。

元杂剧大家关汉卿,是《中国》第二季塑造得非常传神的人物。历史上的小说和戏曲似乎都属不能登大雅之堂的"末技",而关汉卿这个"末流"人物,恰恰成了不少文人墨客用文字致敬的对象。这部纪录片里的关汉卿,则更凸显了一种民间情怀和平民立场。关汉卿一生郁郁不得志,但他转身成侠,将满腔义愤用老百姓喜闻乐见的戏剧艺术形式表现出来,创作的多部剧作至今仍散发着批判现实主义的光辉。仅一部《窦娥冤》,就可谓一介文人的壮举。《中国》用一段戏曲影像再次演绎了《窦娥冤》中最有华彩的篇章,窦娥临刑前那撼天动地的"天问"响彻云霄。

在民间传说中海瑞颇为出彩,纪录片第五集给了他很长的篇幅,并把他与大明另一名臣张居正对应推出,一个化身为侠、一个立志成圣,相映生辉。经过历史漫长的沉淀和打捞,海瑞

| 绝妙的隐喻

身上已经附会了很多民间期待，有着"海青天"的嘉誉；同时，他身上洋溢的精神元素是知识分子中富有华彩的一部分，也是构成我们文化多元性的重要基因。有评论认为，解说是《中国》第二季的点睛之笔，不徐不疾的讲述方式恬淡沉静，"灵魂旁白"给予观众沉浸式的体验和启发式的思考，以历史旁观者的视角用声音牵引更多当代人走进中国历史。关于这个官场另类，周涛温婉有力的旁白如此道来："曾经，他的道德之镜只检阅自己，如今他开始拿这面镜子映照整个国家""他的骨头比谁都硬"。

本季最令笔者惊叹的人物，是光绪二十年（1894年）的恩科状元张謇，他是近代中国知识分子中开风气之先的另一种"异类"。甲午战后，张謇鲜明地提出了实业救国的主张，弃政从商，回到南通，陆续兴办了数十个企业，甚至公开向社会发行股票，并将培养人才、开办学堂作为发展工商业的前提条件……张謇和当时一批民间企业家一心盼望"刚刚推翻帝制的中国万物生长，万象更新"，由他们可以看到中国传统士子向现代转型初期对中华民族新的期待视野。

从遴选各路大侠来呈现历史巨变中生命个体的悲欢、思想争鸣中追索真理的炽热、时代褶皱里独异人性的光辉、潮流撞击中与世界平行的信念，《中国》第二季拍成了一部"审视自我"的大电影。不过，借助一个个灿烂人物来展现大跨度的历史进程，也会出现一些问题，比如，有些故事前后时空相隔比较大，不熟悉历史的人会感觉衔接不上，甚至有线索崩塌之感；为了强调戏剧性冲突，过多遴选了一些巧合来推进故事，无法更好兼顾人物内心与处境的平衡。

归根结底，这部"为严谨的纪录片插上想象的翅膀"的《中国》，将影像里的中国历史呈现得有温度、有态度、有深度，是一部开阔观者视野、引人深思的纪录片。

3

带着地心引力

理论要顶天，批评需落地

李建强

一段时间以来，中国电影理论批评日趋学院化，贴心贴肉的作品评论越来越少，言必有中的品评解析渐趋冷落，篇幅越来越长，阐释越来越炫，与生动具体的创作形成了一种隔膜。

这种倾向，招致相关各方的不满和批评，也引发理论批评界自身的反省与思考。如何激浊扬清、积极有为、形而下地参与新时代中国电影创作的发展，成为业界多年来的一种祈求和呼唤，也成为学界一种真诚的期许和夙愿。

对于理论和批评来说，前者是先导，是前端，需要顶天；后者是主业，是实操，需要落地。形而上与形而下从来不是对立的。只有摆正自己的位置，理论和批评才能琴瑟和谐、相得益彰。

有悟于此，近年来的中国电影理论批评校正方位，竭力从学院和学术话语体系中走出来，从本体和本位中走出来，从自我中心和自我感觉良好中走出来，关注作者、聚焦作品、走进观众，形态纷呈多彩，面目为之一新。

一、挥别内卷，全新出击

从去年春节档的《你好，李焕英》《刺杀小说家》、五一档的《悬崖之上》《你的婚礼》、七一档的《1921》《革命者》、暑期档的《中国医生》《白蛇2：青蛇劫起》、国庆档的《长津湖》《我和我的父辈》、年末的《跨过鸭绿江》《雄狮少年》，直到今年春节档的《长津湖之水门桥》《狙击手》等，几乎每一部有影响的作品都被纳入了评论家眷注的范畴。如此切近、敏锐和迅捷，在过往历史上尚不曾有过。新近关于电影票价、电影档期、电影生产多样化和观众培育的集中阐述，更引发相关管理部门的高度重视。

与"贴地运行"比肩的是，评论的视野开阔、目光四射。以对《刺杀小说家》的批评为例，对于这样一部别出心裁的作品，除了对内容创意的主旨评说之外，还有对从小说到电影转码、游戏叙事与社会想象的探求，对叙事思维与视听节奏感、高概念电影文学化实验的研究，以及对数字化工业流程、后现代语境下影像狂欢的切磋，对影像重组与影游融合、奇幻世界和现实世界双向重构的推介。

这就使评论不仅仅局限于对文本的解读，而是通过对文本的品评解析传达对于电影发展新的认知，将目光导入关于艺术、工业、科技、媒介、消费等系列重要命题。理论批评的意义和价值由此可见一斑。

二、深入开掘，共情共鸣

每一部电影作品都是一个开放的世界。理论批评的功能不仅在于细致入微地揭示影像本身的蕴含，更在于通过场景、画面、叙事和人物等解析发掘，揭示时代的、民族的、社会的体感和温度，有效实现与观众群体的精神对接，进而积淀具有时代代表性的审美价值观和审美心智成果。这是评论家孜孜以求的至高境界，也是理论批评生命活力的安顿寄居之地。

近年来，电影理论批评努力朝这个目标迈进，力图从不同视角、不同层面进入，开掘出"缀文者情动而辞发，观文者披文以入情"的影像真谛和艺术矢量。

以《你好，李焕英》为例，论者从共情传播分析、大众心理特点、喜剧元素打造、明星IP效应、记忆点打造等多角度进入，或指出影片隐含作者将现实结果与穿越剧回旋跨层的巧妙结合以及对整体节奏的合理掌控，营造出笑中带泪的效果；或指出影片不止于反转剧情和喜剧元素，更以独特的亲情内核成功引发情感共鸣；或指出影片呈现女性通过创造（而非成功学）来对抗存在、从母爱的消极体验转化为创造爱的积极体验的过程，超越了一般的小品集锦。评论家认定该片是当前电影行业的一股清流，带出了中国喜剧电影的潜在大众市场与未来发展趋势，为相关类型题材电影提供了发展可行性思路。这些切中肯綮、牵动人心的评析，显然超出单一作品本身，甚至超越电影艺术本身，对于当代中国社会建构与人伦关系发展也提供了有益参照。

三、守正创新，立破并举

去年，有关部门联合印发《关于加强新时代文艺评论工作的指导意见》，要求坚持正确导向，把好文艺评论方向盘，弘扬真善美、批驳假恶丑，不为低俗庸俗媚俗作品和泛娱乐化等推波助澜。电影理论批评界积极响应，结合具体的作品创作和文娱现象，守正创新、立破并举，发挥了主动有为、建构引领的作用。

在"立"的方面，理论批评紧紧把握创作导向，及时推介优秀作品，大张旗鼓地宣传重点影片，为中国电影的可持续繁荣发展注入智慧和能量。比如，影片专题研讨会这一荒废已久的形式，浴火重生、持续发力，彰显了优良传统的力量与理论批评的自信。

在"破"的方面，针对"饭圈文化""唯流量论""明星偶像"及其表现，理论批评积极发声表态，明确宣示态度。更可喜的是，评论家毫不遮蔽这些负面事件带来的教训，立足自省自律，力求防微杜渐，有的放矢地提出"提高思想认识，做好学习宣传，主动发声扬剑，加强示范引领，完善管理机制"等一系列实操性建议。

这些客观真切、明晰笃定的认识，特别是自觉置身其中、主动有所作为的鲜明态度，集中代表和反映了理论批评在大是大非上的集体意志与责任担当。

四、品格重塑，擢升自我

新媒体时代，评论首先需要反思。评论家应清醒认识自身的地位和价值不是凭空得来的，而是艰难玉成、日积月累的。为此，理论批评必须更为看重和专注自身素质、能力和水平的提升。

专业性——专业性不仅表现为专业精神，还体现为专业表达，即理论批评不仅要考虑电影创作与电影观众、电影观念和社会观念的更新，还要考虑全球化与本土化语境、传统媒体与新媒体的结合，以专业身份、立场、精神重塑批评应有的引领性。

实践性——坚持理论批评与电影创作共生，与新时代以来的观念变革相携而行，切实解决好"为何""何为"与"如何为"的命题，积极开拓和释放电影的生产力。

超越性——力求将作品和现象置于艺术、文化、社会的多元维度中加以考察，发现和提出具有普遍意义的价值，形成由点到面、点面结合的穿透性。

在这里，专业性是基础，实践性是标识，超越性是目标。

也就是说，必须善于抓住大议题、关注新问题、聚焦真问题。

可以说，面对时代诉求，理论批评的作用从来没有像今天这样日益凸显，其自身的道德操守、人格品位、审美取向从来没有像当下这样得到正视。

正是在这种双重语境的夹击下，中国电影理论批评时不我待，积极回应社会和艺术发展的诉求，以更加积极的主人翁姿态，申明主体立场、打造话语体系、铸就自身品质，形成奋勇前行的一道新景观。

新论新说新气象，见人见事见作品。中国电影理论批评校正方位、蓄势待发，理当大有可为。

热搜"虚火","脱水"工程仍在路上

李 愚

如今,一些电视剧的播出效果常给人留下"冰火两重天"的矛盾印象。"火",是该剧在微博热搜上的火热,甚至一集就有几个热搜"屠榜",仿佛该剧已然是全民爆款。"冰",是该剧在微博热搜之外的冷清,很多人压根儿不知道什么时候播出了这样一部剧,或者浅尝辄止早已弃剧。

毋庸置疑,"冰火两重天"背后,"冰"才是很多电视剧的真实面貌。因为真正的爆款是周边的人会讨论它,你会追剧甚至还相当熟悉剧中的角色与台词,而不只是在微博上寂寞地"火"。那种火,大概率就是营销的结果。

营销本身并无对错。剧集营销的本意,是平台、制作方或演员发现、发掘观众的需求,让观众了解剧集、追看剧集甚至成为剧集"自来水"。更通俗地理解,剧集的营销就是"打广告"。在观众时间有限、影视剧选择又多的背景下,好剧要"出圈",有时确实需要适当地广而告之。

微博上的电视剧营销多偏向于内容营销——与最新剧情形成实时联动，每日更换热搜话题，形成信息的裹挟之势，让网友不想注意到这部剧都难。适当的营销，本无可厚非。而现在的问题是，有些电视剧的营销已经变成过度营销。平台、制作方或演员过分依赖营销手段，热衷于以撒广告、上热搜、炒话题等形式来制造看点，将大量资金用在营销活动中，进而出现本末倒置的现象——不在剧作质量上下功夫，反而寄望铺天盖地的营销，将一部质量平庸的电视剧炒作成爆款。

过度营销下，各种各样的乱象自然难以避免。譬如，有的电视剧二三十集的篇幅，微博热搜的数量可以多达三四百个。这些热搜，当然不是观众观剧后的自发讨论，而是剧集的利益方事先的主动引导。所以，观众经常会发现这样的情形：明明视频网站是晚上8点才更新最新一集，可两个小时前热搜榜上已经出现了关于这集剧情的热搜词条。也难怪很多观众调侃：他们现在都不点开剧集看剧了，直接"热搜追剧"，反正通过热搜就能够知道谁谈恋爱了、谁生小孩了、谁的原生家庭重男轻女、谁家的婆婆很"极品"……

本来营销方希望热搜能触发观众的追剧动力，结果却适得其反。碎片化的热搜，破坏了电视剧作为完整叙事艺术的多元魅力，让剧集沦为简单粗暴的"故事梗概"。观众在热搜上只能获得零星的剧情，而无法了解到这部剧的镜头、画面、叙事手法与技巧——它们都是构成好剧的不可分割的一部分。与此同时,狂轰滥炸的剧透也透支了观众的追剧热情,毕竟早早就在热搜上知道了剧情的走向,还有什么神秘感和新鲜感可言?

甚至,热搜营销还会"反客为主",影响电视剧的创作。制作方在一部剧的剧本阶段就开始为日后的话题营销做准备:哪些话题是网友关注的?哪些话题一定会引发讨论?制作方千方百计把各种热点话题塞到剧中,不论其是否符合剧情的主题、逻辑和风格,反正就是话题至上。久而久之,很多电视剧的"话题剧"属性愈发明显,仿佛创作就是为热搜服务的。

此前有造假的收视率、注水的点击量,如今又有各种"虚火"的热搜,足见影视行业的"脱水"工程需旷日持久。造假的方式层出不穷,监管也应该及时跟上。譬如,有些热搜营销已经与广告无异,那么是否可以广告法来规范剧集热搜?各路"大V"收钱参与话题讨论、制造热度,是否应该清晰标识为"广告",而不至于让网友误会为真情实感的安利?

从本质上说,假若剧集的质量让人不敢恭维,那么过度营销就是"皇帝的新装"。剧方有了热度,明星有了"代表作",粉丝有了吹捧的素材,平台方有了广告收入……利益链条上的每个环节似乎都赢了。

可实际上,他们都输了。毕竟观众的审美水平在不断提升,他们不难辨别出剧集的好与坏、优与劣。当观众纷纷选择离场时，剧方的新剧就会卖不出去，平台的付费会员就会下滑，演员的风评就会变差，粉丝的控评就会遭到群嘲，广告招商不再顺利……显然，过度营销造成的"虚火"，是杀鸡取卵的短视行为；"营销咖"的标签一旦贴上，要撕下就没那么容易了。

中国画发展，功夫在画外？

徐建融

"中国画"有两个概念。第一个概念可称之为"中国"画，也就是具有中国文化特色的所有画种，包括上古的彩陶，两汉的画像石、画像砖，魏晋的木板漆画、敦煌壁画，唐宋绢本重彩的卷轴画，元明清纸本水墨的卷轴画、木刻版画等，全部属于"中国画"的范畴。第二个概念可称之为中国"画"，也就是中国所有的画种中区别于壁画、漆画、版画、油画、年画、连环画的一个特殊画种，专指用毛笔、水墨、水溶性颜料、绢本、纸本，尤其是生宣纸等工具材料画出来的绘画。

我们今天所讲的"中国画"则是两个概念的结合，它既是专指工具材料的画种，又是泛指中国特色的文化，使之与同类画种的日本画、朝鲜画等区别开来。

我曾把20世纪的中国画家分为三代：第一代为1930年之前出生，第二代为1940年至1960年间出生，第三代为1970年之后出生。当下第一代画家基本已谢世，第二代的多居于权威位置，第三代则风华正茂。我认为第一代画家中多有大师、大家，像黄宾虹、齐白石、张大千、陆俨少、林风眠、徐悲鸿、傅抱石、李可染等，第二代较难出大师，第三代则最有希望高手辈出。如此判断和预言的依据是陆俨少先生当年常对我们讲的一句话：学习书画，最重要的是吃好"第一口奶"，"第一口奶"吃对、吃好了，终身受益；没有吃对吃好，长成后再"补"也是没有太大作用的。这"第一口奶"，指画家起手入门所学的是什么。

由第一代大师的成就之"然"追溯其"所以然"，他们年轻时的学习，可供选择的"奶品"非常丰富，没有禁区，古今中外的名家、名迹几乎都可以看到，博览广取，兼收并蓄，然后在最适合自己的方向上勇猛精进。第二代的我辈，年轻时所吸吮的"奶品"，素描是契斯恰科夫体系，油画是列宾、苏里柯夫，中国画是齐白石、徐悲鸿、扬州八怪，书法是《九成宫醴泉铭》《玄秘塔碑》《多宝塔碑》《胆巴碑》。这些当然都是好"奶"，但人的体质各有不同，所有的人都吃这一口"奶"，其结果可想而知。20世纪80年代初，法国19世纪农村画展来中国展出，日本二玄社复制的中国台北"故宫"经典书画也来展销。我辈中已小有名气的画家见之竟失声痛哭："怎么我们年轻时没能见到这么好的作品啊！"可惜的是，既已长大成形，那些营养丰富的"奶品"对我们也就起不了多少作用了。

第三代不一样，他们20岁左右时正值20世纪八九十年代之交。古今中外各种风格、流派的名家名迹，无论到博物馆中观摩原作，还是购置"下真迹一等"的印刷品，学习条件的优越超过第一代。当然，作为中国画家还必须注重文化的修养。而各种文化典籍，他们所能见到并取用的，无论数量还是质量，都胜过了前辈们。也正是因为那"第一口奶"，第三代画家中有不少在30岁出头便取得了令人瞩目的成绩。这使第二代的我辈非常吃惊，因为我们所知的中国画成就是"大器晚成"的，不到五六十岁是不可能有大出息的。第三代的成就，极大地动摇了我们根深蒂固的"中国画成就观"，并进而反思北宋黄筌、王希孟等不到20岁便画出了绘画史上的不朽经典，包括第一代谢稚柳、程十发等先生30岁上下已画名斐然的事实。

陆俨少先生经常告诫我们："不能埋头画画，应该四分读书、三分写字、三分画画。"读什么书呢？当然开卷有益，古今中外都要读；而作为中国画家，应以经史子集尤其是经史中的经典作为必读书。中国历史上的大画家，赵孟頫、董其昌等不论，即便是职业画工也是读了不少书的。据《宋史·选举志》："画学之业，曰佛道，曰人物，曰山水，曰鸟兽，曰花竹，曰屋木。以《说文》《尔雅》《方言》《释名》教授。《说文》则令书篆字、著音训，余书皆设问答，以所解义观其能通画意与否。仍分士流、杂流，别其斋以居之。士流兼习一大经或一小经，杂流则通小经或读律。"

我的一位朋友东先生大概在世纪之交时给某美院国画系的年轻师生做讲座，其核心的观点是，一个优秀的中国画家必须多读书，具有高雅的文化修养，否则是不可能真正画好画的。此观点引起一位当时颇有成就的"70后"老师的不满，这位老师站起来反问："那东先生你读了很多书，文化修养很高雅，你的画又画得怎样了呢？"东先生一时语塞。在我看来，东先生以自己的"经验"教育年轻师生，恰当的方式应该是以自己的教训启导他们；此外，他没有把文化与画画的关系讲清楚，自然不能令人信服。所谓"术业有专攻"，读书多、文化程度高无助于画画技术的提高，画得好不好，从技术的层面来说，根本在绘画的学习必须吃好"第一口奶"；但从境界的层面来说，则必须在"第一口奶"的基础上及时跟进，多读书、多提高文化修养。历代少年成名的画家，四五十岁后或泯然众人或为卓然大师，其分别便在于此。所以，邓椿《画继》有云："画者，文之极也……其为人也多文，虽有不晓画者寡矣；其为人也无文，虽有晓画者寡矣。"

有些年龄段的画家于画技有成之后没有能及时跟进读书、文化的"画外功夫"学习，是有其实际原因的。因为当时的艺术市场上，在世书画家的作品被热炒，人人都不愿放过这一千载难逢的机遇。这就使他们忙于作画应酬，而没有时间静下心来读书用功。不过，这一两年来，艺术市场对在世书画家的热炒急速降温，年轻书画家恰好可以趁此时机在扎实了"画之本法"的基础上辅以文化学习。

如今也有不少年轻画家的诗词水平已达到很高的程度，对他们赞赏之余还不得不指出,光懂诗词是不够的,更重要的应是读经史。因为诗词可以涵养一个人的"才",经史才能滋养一个人的"德"。论文化,"才"固然重要,但根本在于"德"。韩愈说过"文章岂不贵,经训乃菑畬",盖"文学应时而变,经史千古不移"。诗词属于文章、文学的范畴,楚辞、汉赋、唐诗、宋词、元曲、明清传奇,一代有一代之文章,而四书五经、二十四史则是中国文化五千年历劫不易、一脉相承的"菑畬"(根本)。

而年轻人读经史,有许多地方看不懂,这怎么办?我认为,文化的修养不是文化的研究,所以在学习时看不懂的地方便"翻过去",懂多少是多少,所谓"知之为知之,不知为不知,是知也"。总之,从客观的条件来看,无论绘画的学习,还是文化的学习,今天的形势之好是有史以来从未有过的。只要我们主观上有学习的意愿,选择并吃好适合自己的绘画上与文化上的"第一口奶",在当代实现对中国画的复兴,我满怀信心。

电影如何突破"视听"迷思

龚金平

电影从诞生起,就一直在技术层面追求变革、创新和突破。其100多年来的进步,似乎主要在做一件事,就是让观众的观影体验更为逼真,更为震撼,有更丰富细腻的视听享受。

这条路径的风险在于,接下来还能做什么?或许是将画质进一步提高,将声音做得更精致,或许将放映频率再提高。只是,人类对于感官欲望的追逐永不满足,其上限在哪无人知晓,这意味着电影创作者需要在这条技术迭代的道路上步履不停。大多数人其实无法分辨4K画质和8K画质有什么区别,也说不清多了两条声道之后是否听觉效果就有了质的飞跃,至于能否看清一辆高速行驶的列车里人的面容,似乎也不是那么重要。进一步说,如果超出了人类感官的生理极限,那些细致入微的声音处理、那些纤毫毕现的画面质感,观众一旦习以为常,就会熟视无睹。

观众排斥或批评一部影片,从来不会因为影片的画质不是

电影如何突破"视听"迷思

4K，或者声音的层次性不够立体，或者放映频率只有一秒24帧。这说明，我们在电影技术上所做的探索，有时只是追求一种自我成就的"迷思"而已，感动的只是自己，而非观众。

与电影技术日新月异形成对比的，是电影内容以及讲故事的方式似乎常常"老调重弹"。考虑到"太阳底下没有新鲜事"，今天的电影与几十年前的电影一样，重复一些人类永恒的题材或主题，如爱情、战争、复仇、成长等。或许，正因为电影的题材或主题难以取得革命性的突破，电影创作者才转而在技术层面日益精进。做一个不恰当的类比，电影就像一块月饼，馅料就那么几种搭配组合模式，但我们可以在包装上下功夫，使月饼礼盒更时尚、更精致，进而使消费者暂时忽略或忘记月饼的口感。

当我们说电影是我们生活的一个刚需时，我们所迷恋的，究竟是影院这个空间、看电影的那种氛围、与旁人谈论一部热门电影时有共同话题的亲切感，还是因为电影艺术上的创新、内容上的感动？

我们在影院观看一些商业大片时，对于华丽的影像可能无动于衷，我们抱怨的大抵是人物行动逻辑的莫名，或者剧情发展的突兀；反之，我们在观看一部影像粗糙的影片时，却可能为人物的命运遭际而伤心落泪。这说明，我们需要电影，是因为我们渴望在电影中得到一些感动、启示、鼓舞、欣慰，或者警示、反思。令人遗憾的是，这些情感体验大多不是技术元素所能提供的。

电影不应该成为我们视听上的迷恋对象，只有精神上的刚需才是重要的。这种刚需有着最简单却也最富挑战性的抵达方式，那就是契合观众内心深处的需求，提供一种梦幻般的精神满足；或者，在一种有现实质感与情感真实性的氛围中，为观众带来有共情点的情感满足、令人耳目一新的审美享受。

本雅明曾把印刷术的出现视为某些艺术的灾难。因为，当一件艺术作品可以被复制时，它就失去了原真性、距离感、膜拜价值和凝神观照的可能，从而丧失了"灵韵"。这从我们愿意到博物馆看原画，而不是看这幅画的印刷品的心理可以得到印证。电影的复杂性在于，它虽然也是机械复制的产物，但观众从来不会先入为主地嫌弃它没有"灵韵"。因为，电影的魅力与光环来自它的内容和形式本身，与它的载体和播放媒介关系不大。从这个层面来说，某些电影近乎迷狂地追求视听效果，不仅是舍本逐末，还容易"作茧自缚"。因为，在极致的画面和声音、快速的剪辑节奏对观众形成视听轰炸之后，观众在密集的视听语言或饱和的情节容量冲击之下，会模糊现象与本质，会逃避思考，而被困在影院的座椅上成为"洞穴囚人"。

其实，电影追求的"仿真"，并不一定是为观众制造"身临其境"的幻觉，而是在情节发展和人物命运中营造"心有戚戚"的共情场域。观众也渴望从电影中获得身心愉悦，但这种愉悦应该来自看到电影人物与众不同的故事甚至奇迹之后的赞叹，看到"有情人终成眷属"或"有志者事竟成"之后的情感抚慰与精神鼓舞。如果说观众需要在娱乐片中做一场心向往之的白日梦,在艺术片中则希冀洞察生活的真相,洞穿人性的幽深微妙处,从人物命运轨迹中得到诸多回味,从而返身观照,获得内心的启迪。这也再次证明,观众对电影的刚需,来自情感领域的触动以及精神世界的回荡,而非视听层面的瞬间眩晕。

编剧"海报署名权",不是小事

韩浩月

今年两会,来自文艺界的十余位全国政协委员联名提交了"关于纠正海报等影视宣发物料不给编剧署名行为"的提案,据报道,联名者包括侯光明、熊召政、王亚民、郭运德、郑晓龙、刘家成、冯远征、王丽萍、阎晶明、张光北等人。

联名者中有作家、导演、编剧、演员,也有培养文艺人才的高等院校领导,他们基本可以代表影视行业的方方面面。他们不仅是在替编剧群体发声,也是在替整个行业发声,如提案的建议核心所说的那样,唯有"一剧之本"在各个层面落到实处,才有利于整个行业的发展。

可以看到,"宣发物料"成为一个显眼的关键词,而在"宣发物料"中,海报上编剧的名字不翼而飞,尤其让编剧团体感到不满。2021年10月6日,经典电影《永不消逝的电波》院线重映,海报将编剧署名删除了,与原版海报处于第一行的"编剧:林金"形成了鲜明对比。这引起中国电影文学学会的抗议,称

编剧"海报署名权",不是小事

"编剧署名权不容侵犯",引用著作权法第十七条规定,要求恢复编剧署名。随后重映方改正错误,把编剧名加在了海报上。

《永不消逝的电波》编剧署名事件发生在新著作权法正式实施之后,并且业界刚刚为编剧署名问题进行了一场艰难的争取,对整个过程记忆犹新,所以才会对这部经典电影重映不给编剧署名反应如此强烈。这不是"小题大做",而是唯有上升到一定高度,才有可能真正解决问题。

编剧的署名权利被侵犯和剥夺由来已久。例如《长恨歌》《墨攻》于2006年,《暗算》于2007年,《金婚》于2008年,《北京爱情故事》于2012年,都有编剧署名风波被报道。虽然,大多数编剧最后都赢了,但大环境并未真正改善。

更多一些影视作品,在给编剧署名时,采取了把编剧名字放在不被注意的位置,缩小编剧名字的字号,淡化编剧名字的颜色……这样的处理方式,虽然从法律层面上规避了被起诉的风险,但从格局与气度方面,却显现出片方的小气与"鸡贼"。有人分析认为,片方这么做,是因为编剧知名度小。但编剧知名度的大小,不应影响其光明正大的署名权利,当编剧为剧本写下第一个字的时候,他就注定了是一部作品的幕后核心创作者之一,以编剧知名度大小来决定为其署名与否,这样"看人下菜碟"的功利心理,决定了其出品方或制作方不太可能拍出真正优秀的作品。

编剧的署名问题,在行业内,应该算个小问题,完全可以通过尊重传统、会谈协商、写进规则的方式，来达成一致意见。但显然，目前这个问题在行业内部已经没法谈拢。而寻找没法谈拢的根源，其实并不多么困难——谁有权力决定海报以及片头片尾的署名次序，谁就是造成编剧署名争议的责任方。

编剧署名难，是内外两种压力导致的。内部压力是，部分制片人和导演抢占编剧署名权，无论是"导演中心制"还是"制片人中心制"，都未让一些项目的创作主导权，真正转移或部分交到编剧手中；外部压力是资本与平台，对资源和渠道的掌控所带来的盲目"自信"，使得资本与平台对内容质量并不真正重视，编剧的话语权自然得不到彰显。编剧宋方金表示，内、外部环境矮化编剧已经成为集体无意识的做法，不重视甚至打压编剧的终极目的，在于剥夺编剧的著作权权益。按照宋方金的说法，海报不给编剧署名只是问题的表象，本质上是对著作权权益的独占心理使然。

"海报要给编剧署名"的问题，触及的是整个行业存在的大问题，"如不纠正，侵害的是编剧群体，危害的是影视产业，损害的是中国保护知识产权的形象"。期望业界内部能够反思行业环境，有关部门能够细化并强化规章制度，由此才能够彻底解决有关编剧权益频遭侵害的问题。

欣赏慢慢生长的青苔，是一种智慧

程　流

疫情过后，街边小店的命运让上海人关心。小店是马路的风景，也是烟火气的来源。其中，小书店的书卷气尤让人牵挂。

自然有谢幕的。有意思的是，小书店的告别里，比起伤感，更多的是因为全情投入过、付出过的踏实。比如，南昌路上的侦探推理主题书店孤岛书店结业的时候，身为推理作家的店主时晨说，开店这一年，与当初的预期吻合，对他来说，已经"成功"了。再如，自忠路上的插画主题书店鲸字号创始人张晔说，告别之际有不舍，有自豪，有重新出发的振作，但没有遗憾。

结束，是一种故事。但更多的故事，还在城市里默默生长。上海的小书店，不少已有数十年的历史，形成了自己的品牌和所在街区的人文记忆。复旦大学周边的鹿鸣书店，开店20年有余，换过三个地址，但"呦呦鹿鸣"依然"鼓瑟鼓琴"。自有人珍惜这份底蕴。跨过了黄浦江，在上海工作生活了20年的福建人郭文伟，开了第一家鹿鸣书店的分店。它像一个安静的书房，不张扬，不"网红"，郭文伟一天天为它写着书店日记，记录到店的读者，与珍惜这方空间的书友一起想办法如何让它活下去、活得更好。

开书店的人多半有一份对纸质书和传统阅读的情怀。没有情怀，或许不会有一家书店的开始。而把书店开下去的人，几乎也都有一种自觉：书店，不可能也不应该，只靠情怀来博取生存的空间。书店的故事不光是回头看的，也是向前看的。在天平路开书店的书籍设计师周安迪说得好：开书店，是不能"躺平"的。要拿到"及格"的分数，必须很努力。

那么，在价格不占优势的前提下，怎么守住一家小书店？或是靠选书的眼光和特色，或是靠展览、读书会等周边文化活动带来人流，或是用会员制锁定受众……在上海，可以看到各式各样小书店的创新探索，有的恪守纯粹的经营理念，有的放手尝试复合的路线，书的世界本就多姿多彩，多元的书店也是一座城市的魅力。而在小书店"填补"的街角空白之外，还有连锁书店、大书店在商场、景点、地标拓宽着阅读的边界。

毛姆说，阅读是一座随身携带的避难所。书店塑造的正是城市里不可缺少的一种精神空间。开了20多年的复旦旧书店，去年12月为配合社区建设改造暂时歇业。今年春天，在众人的帮助下，复旦旧书店找到了大学路旁的新址。虽然错过了樱花季，但这个夏天，复旦旧书店会带着店主的执着和读者的期待，新生。

欣赏慢慢生长的青苔，是一种智慧

挽留一家小书店的，不是一个人的力量。用周安迪的话来说，开在社区里的书店，最重要的是，要让走进这里的人，喜欢这家店和运营这家店的人。书店的故事，说到底还是人的故事。一座城市之所以能吸引人留下来，正是因为有愿意为梦想尝试和坚持的人，也有认可与容纳这份尝试和坚持的土壤与空间。

国权路上有家小书店——志达书店，地方不大，却是全国第一家试水"新零售"的书店。消费者在这家店买书，离店时不用等售货员结账，只要走到终点闸口就可以"秒通关"。志达书店的历史也已超过20年，它同时还是2009年淘宝图书类目第一家取得五皇冠的卖家，在电商领域做出了不俗成绩。尽管如此，志达的两位创始人并没有放弃线下的小书店。用互联网的思维解释，他们说，实体书店是与用户发生关系的第一线，只有走到用户中去，才能发现、挖掘用户的需求是什么。而在书店发现的"需求"，携带着更多的情感的温度。一场讨论会的火花，一本书的传递，甚至是擦肩而过的气流与氛围，可能会在不经意间留下些什么、改变些什么。

有人把小书店形容为慢慢生长的青苔，不起眼，但极富生趣。有人说，在推崇飞快怒放的同时，懂得欣赏慢慢长的青苔，也是这个城市需要的一种智慧。海纳百川，上海是一座湿润的城市，应该等得起更多青苔的慢慢生长。在城市穿梭的你，不妨有时停下脚步，和身边的"青苔"撞个满怀。它们，需要更多的欣赏。

"手作"匠人,是对文学态度的别样坚守

杜 浩

看到网传的梁晓声先生的长篇小说《人世间》手写稿,敬佩至极!

先不说115万字纯手写,不说历经多年的创作时间,也不说作品所获得的茅盾文学奖,仅这一手漂亮大气又工整的字,就足以让人汗颜了。

一张木桌,一把木椅,一摞纸,这便是115万字的《人世间》诞生的地方。5年时光,每天10个小时,日升月落,斗转星移,时间在稿纸里开出一朵朵花。作家梁晓声用手中的笔,一横一撇写下了中国老百姓几十年里的生活变化。这位与共和国同龄的作家,终于在2016年底完成了《人世间》三卷本的初稿。随后又用半年多的时间,对全书进一步修改。

随着根据梁晓声同名小说改编的电视剧《人世间》的热播,也因为文化媒体的披露,让更多人看到了梁晓声"手写"完成这部巨著背后的故事。

"手作"匠人,是对文学态度的别样坚守

《人世间》讲述了一代人在伟大历史进程中的奋斗、成长和相濡以沫的温情,塑造了有情有义、善良正直的中国人形象群体,具有时代的和心灵的史诗品质。这部小说坚持现实主义传统,重申理想主义价值,气象正大而情感深沉,显示了审美与历史的统一、艺术性与人民性的统一。那么,《人世间》这样一部百万字的作品,梁晓声是怎样写出来的呢?

梁晓声说这部作品的写作,是靠着"坚持"完成的。一部百万字作品的写作,是一件既累脑又累身体的事,总得一直端坐着,所以梁晓声只要写作,就必须戴颈托,把脖子托起来,"如果不戴,就很难写出字,(手)这一部分的神经是不听使唤的。其实说起来,我的这种状态和现在青年朋友们上班、加班的状态差不多,我通常一天要伏案工作10个小时以上,这些年轻人也是,他们上下班还要挤地铁,甚至要从很远的地方赶到市里,有时还会加班到深夜,日复一日,这也是一种坚持"。

《人世间》出版时,对梁晓声的《人世间》手写稿,一位责编发现:第一卷,纸上的字认认真真一丝不苟,放到格子里稳稳当当;第二卷时,字慢慢胀开了;到了第三卷,字里行间已经开始拳打脚踢了。梁晓声说,《人世间》是他文学生涯所有长篇作品中写得最累的一部。"我是个老派的人,到今天还是一格一格地用稿纸手写。最后只能用铅笔在A4纸上写,写得手已经不听使唤了。"

在写到《人世间》第二卷时,梁晓声的老胃病严重了起来。他一直没做细致检查,怕真查出什么,作品就不好说了。他一

直有一种紧迫感，只想一心扑在这部小说上。尽管，这部长篇的写作很艰辛，但他从不抱怨什么，他对自己和自己的文字是有期待与要求的。

从20世纪80年代创作至今，梁晓声还是在用最传统的方式在稿纸上一笔一画地写，他说"用电脑敲字是快，但会影响我的思维""到现在我依然用手写字，习惯了就会变成生理反应上的固执。让我通过电脑或者手机打字来写作，这熟练的打字技术，我短时期内是学不会的。习惯成自然，我写什么东西，还是铺开一页纸写，这样方便，思路不受局限"。因此，在文坛上，梁晓声被称作"手作"匠人。梁晓声写作没有借助电脑，完全依靠手写来完成，其付出了多少体力劳动、精神劳动以及时间和心血？这体现的是一种对文学的态度、情怀和真诚的精神。

有时，我们会困惑，今天是不是已不再是文字和书写还被敬重的时代，文字的神圣性也在逐渐失去。我们怎么保证文字的神圣性，保证文学创作的神圣性，保证文学的精神价值？不仅作家在思考，文学读者也在思考。梁晓声几十年如一日用手写进行文学创作，这样的文学自觉和文化担当，谁能说没有体现出文字的神圣性、文学创作的神圣性和文学的精神价值？

在写作中，梁晓声坚守"手写"，甘做"手作"匠人，这是他以自己独特的方式，坚守自己的文学态度和写作立场。当喧嚣、浮躁的文化大潮退去，终将凸显、展露出其所追求的文学理想、文化人格、精神品质的光芒。

创新不是割蕉加梅,而是与虎添翼

兔 美

"2022上海大剧院版昆曲——重逢《牡丹亭》"唱到《冥誓》一折,杜丽娘惊觉"三年前奴家为你一梦而亡",自己的生死情缘竟然套入首尾相衔的死循环里,舞台上鼓点骤起,一通通撞向人心口上。看到此处,不由大呼"重逢"版创编《牡丹亭》之妙,台下却无人鼓掌叫好——也许是新观众不谙赏戏老规矩,也许因为这里的妙处不在演员、声腔,而在于强烈的戏剧感。那一刻,该剧好似冲破了传统昆曲的框子,在最现代的城市码头立起了戏曲的当代性。

一部悬疑烧脑大片

"临川四梦"里《牡丹亭》是演得最多的,或许也是版本最多的,比如上昆的典藏版《牡丹亭》、张军昆曲艺术中心在朱家角课植园上演的园林版《牡丹亭》等,每个版本的折数和舞台呈现、美学特色都各具异彩。倘若像划分电影类型一样给它们打上标签，上昆版取杜丽娘和柳梦梅二人主线精华，是典型的浪漫爱情。青春版纳入了以杜父为主的《移镇》《折寇》等折，有不少武戏。园林版是实景演出，一定要暮色浓了才开启，人立于临水的台子上唱，衣香鬓影映入水中，晃了一池的胭脂旧梦。

至于"重逢《牡丹亭》"，最为亮眼的则是悬疑和惊悚元素了，它所营造的出人意料的剧情反转，以及"烧脑"感，甚至好于市面上许多的国产悬疑片。开场《梦梅》中，人物便双双登场，唱起经典的"姹紫嫣红开遍"，舞台置景却似亭台楼阁碎片倒悬在半空，好像能模糊拼出什么，又不成片段，如电影《盗梦空间》里的空间折叠，观众被剧情扯着，坠入了杜丽娘或柳梦梅的不知第几层梦境。而到结尾《回生》中，掘墓开棺后，两人竟又重回"游园惊梦"，陷入一个首尾相连的循环。又像电影《不眠之夜》里演着三个循环的故事，一时竟分不清到底进了哪个循环。

梅树下杜丽娘重生，柳梦梅却又叫"休落了，休落了，则怕又是一梦，再被落花惊醒"。让人禁不住多想，也许只是这个时空的杜丽娘活了，还有许多时空里梅树下的杜丽娘在等待着，循环着梦中梦。而救了杜丽娘的柳梦梅，真的是和杜丽娘同一时空、同一株梅树下的吗？还是开头颠倒荒芜的花园幻境，其实已暗示他闯入了另一个异度空间？如同电影《彗星来的那一夜》，令人回过神来想一想，不寒而栗。

如果不是这次改编，观众也许不会意识到，演了千百遍的《牡丹亭》竟可能是个令人有点悚然的故事。当杜丽娘魂游地府时，伴奏的已不是固有程式的锣鼓，而是一段带有惊悚片味道的西洋乐器配乐。台上红衣小鬼倏然蹿出，看得后排的人也不禁如柳梦梅般连道"怕也，怕也"。

在传统和创新间拔河

为"重逢《牡丹亭》"设计戏服的服装设计师赖宣吾曾比喻，在传统框架中做创新，每个剧组都在"拔河"。他为杜丽娘、柳梦梅设计的戏服看似传统，但细看那些绣花、配色已然迥异于前，甚至苏州绣娘还因为剧组需要的残缺、翻卷的叶片纹样而感到为难，那是她们从未绣过的东西。

戏服如此，台词、表演、舞美、配乐等莫不如此。舞台旋转45°，变成斜着向观众席伸出一个尖角，像在模拟古代的戏台，静静迎向传统的观众，而后面又浑然一体地拖曳着当代舞台设计。台上竖着巨大的镜面装置，把经典的一桌二椅倒映成模糊的抽象线条。编剧罗周在精读汤显祖原著基础上，所增添、创编的戏词和结构里，也无不是在谨慎地做着传统与创新的拔河。

汤显祖其实颇为在意别人改他的本子。《牡丹亭》成书后很快在剧坛流行,其他戏剧家为了便于用当时流行的"吴歌"演绎,对《牡丹亭》加以修改、删削,这引起了汤显祖的反对:"昔有人嫌摩诘之冬景芭蕉,割蕉加梅。冬则冬矣,然非王摩诘冬景也。其中骀荡淫夷,转在笔墨之外耳。"对此他借王维的"雪中芭蕉"进行了讽刺,俗人觉得芭蕉和冬天不搭,去掉芭蕉,换了梅花,迎合大众而媚于流行审美,反而失了原本的味道。

然而,汤显祖的优势在于文辞优美真切,未必是戏剧结构。《牡丹亭》全本55出,有大量和男女主角爱情无关的剧情,比如《劝农》写杜父去田间视察农作物长势,让人看得一头雾水。《道觋》里石姑姑出场有大段的独白,宛如一篇人物小传。而且,全本篇目太长,有如连续剧本,也难以适应当下的演出形式。

演《牡丹亭》,不管是删是改,势必要重新理一个戏剧结构。"重逢《牡丹亭》"正是在结构上发力,将相隔七出戏的《言怀》《惊梦》中柳、杜二人的梦合二为一,又由此提炼生发出回环结构,既发掘了原作的精妙,也吸引观众去重新思考这一古代传奇。

跨界组合推动戏曲出圈

今年,B站上戏曲的出圈十分热闹。由上海京剧院知名演员杨扬演唱的游戏《原神》中的插曲《神女劈观》,让年轻观众惊艳于京剧的优美。继而，戏曲"国家队"纷纷下场，翻唱各版本的《神女劈观》并集体走红网络。还有不少戏曲人由此开通B站账号，做各种游戏联动，或翻唱古风、流行歌曲。尽管，一曲古韵今声结合的创作在网络上所获点赞甚多，但能否真正吸引年轻观众爱上戏曲，也许仍要打个问号。

借戏腔翻唱流行歌曲去迎合年轻人的趣味，纵然能成一时网红，或许也无异于"割蕉加梅"之举。翻唱《神女劈观》，引来的可能只是对游戏感兴趣的玩家，如果想要吸引戏曲真正的潜在观众，给戏曲扩圈，还是要从"本"上下功夫，拿出原汁原味的东西来。

进行立于传统之上的创新，远比借流俗招徕粉丝难得多。因为对传统越是懂，越知道它的精妙之处在于"增之一分则太长，减之一分则太短"，越不敢越雷池。但经典也需要重新解读以延续它在当下的生命力。戏剧界纪念"汤莎四百年"时，有学者感叹如今茧翁的影响力远不及莎翁。例如相比版本众多的《哈姆雷特》，《牡丹亭》的改编仍显保守，除了剧种移植外，大多只在删删减减上做文章，缺乏创意。

此前，上海当代艺术馆曾演过《当德彪西遇上杜丽娘》的"跨界+"剧场。女钢琴家顾劼亭扮演法国音乐家德彪西，弹奏他的《月光》等10首钢琴曲，与昆曲演员演唱的《牡丹亭》中的经典段落融合呼应，诉说一个穿越古今、中西的梦中梦。美术馆内没有座椅，观众只能站着看演出，但开演首场居然来了

1000多人。这种跨界组合的创新尝试,让观众在中外对比中发现昆曲的美学特质。评弹名家高博文曾说:"时代在发展,观众越来越细分化,传统戏曲需要获得更多年轻人的喜爱,可以尝试一些新的多元玩法。"对于昆曲来说,这样的多元玩法还可以更多。

  立足于传统之上的创新,不是割蕉加梅,而是与虎添翼。我们应该鼓励更多这样的昆曲创编之作的出现,让它成为在当下发掘传统戏曲精神、吸引年轻观众的一条可行之路。

AI绘画了,艺术还能"直戳人心"吗

郑秉今

由AI(人工智能)生成的画作《太空歌剧院》,不久前在美国科罗拉多州博览会的数字艺术类美术比赛中获得第一名。该奖项的授予,引起了很大争议。有人伤感"艺术的死亡在我们眼前展开",有人强调"凭借AI作品获奖并不能证明你就是艺术家"。

长久以来,艺术被认为是最"安全"、最不易被AI"入侵"的领域,如今看来也危机重重。在科技的高速发展下,AI通过人类指令生成了越来越具有表达性的作品,让观者越来越难以分辨人类创作与机器人绘图的细微差别。

立于精美的AI绘画作品之前,人们心情复杂:在艺术领域,我们究竟会不会被AI取代?

一

在科幻电影中,人类说出需求,没一会儿计算机就能根据指示绘出图像,甚至制造出实体投射于现实当中,这展现的就是AI绘图的概念。这项技术自20世纪70年代起开始被研发,并持续改进。2012年,计算机使用了1.6万个CPU,学习了100万张猫脸图片,在反复训练3天后生成了一张十分模糊的猫脸图片。这一成果在现在看来不值一提,却开启了基于深度学习模型进行自主作图的计算机程序研究领域。以这一开创性原型为起点,科学家们前赴后继地投入研究。在2014年,极其重要的深度学习模型——对抗生成网络(GAN)诞生了。

让这一成果真正出圈并引起艺术界的广泛讨论的,是在2018年10月佳士得拍卖会上,一幅由对抗生成网络模型绘制的肖像作品《埃德蒙·贝拉米的肖像》以逾43万美元成交。这不仅是拍卖行首次上拍由AI绘制的作品,其成交价更是远超最高估价。这幅装在镀金画框中的肖像画,描绘了一位身材魁梧的法国绅士,这位绅士身着朴素的深色礼服与白色衬衫。作品看上去似乎尚未真正完成,人物的面目略微模糊,背景也稍显空白。作品右下角写着一行代码,标识着作品的来源。其背后的研发者之一卡塞勒-杜普雷解释道:"我们为系统提供了14至20世纪绘制的1.5万幅肖像的数据集。生成器根据集合制作新图像,然后由判别器尝试分辨出人造图像与生成器创建图像之间的差异,以'欺骗'判别器,使判别器认为新图像是真实存在的肖像。然后我们便得到了结果。"

在所有的艺术类别中,肖像画是AI最难学习的一种,因为人类的面部由非常复杂的曲线组成。这种困难，反而使得《埃德蒙·贝拉米的肖像》这幅作品印证了研发人员最关注的问题：AI是否可以模仿出人类的创造性？如今看来，显然可以。《埃德蒙·贝拉米的肖像》虽是一幅肖像画，但总体仍偏抽象。AI的自主创作，通常倾向于绘制抽象艺术。

一个有趣的概念就此形成：人工智能的算法不仅可以制作图片，还倾向于为艺术史的进程建模。虽然现在我们还无法论证这一模型，但AI绘图一定是在艺术的特定轨道上行进着。在学习了无数张艺术作品后，AI了解到，如果想创造新的东西，不能像20世纪之前那样回归具象，而是要向前迈进。

二

到2021年初，AI已经可以通过文字输入指令来进行创作了。这一突破性进展，使得运营游戏公司且从未参加过艺术比赛的杰森·艾伦有机会向科罗拉多州博览会"数字操控影像"单元递交绘画作品《太空歌剧院》。

画面中，数位身着戏服的演员立于舞台，面向华丽而衰败的太空城市景象，作品的笔触与质地不禁让人联想起擅长重述神话场景的象征主义代表人物古斯塔夫·莫罗。博览会评委之一、艺术史学家与作家麦金利对这件作品给予了极高的评价。当她经过这件作品时，立刻被它的"文艺复兴"气质所吸引，

"这是一件引人入胜的作品：人们望向另一个世界，然而那里的人都背对着你，没有人转过头或者与观者互动……你不禁感到好奇，他们（画中人）都在看些什么呢？"她坦言，当时自己并没有意识到这是一件由AI生成的图像，但知道图像是由AI生成后并不会改变她的决定："艾伦在脑海中有他的概念与场景，并将它们带入现实。这真的是一件美丽的作品。"

当艾伦发现AI绘图这片崭新的大陆后，便醉心于此。创作《太空歌剧院》时，他首先描述了一个自己心中的形象——"身着维多利亚时代褶边连衣裙、戴着太空头盔的女人"，并以此为基础不断叠加对AI的提示。"使用算法来制作史诗般的场景，仿佛从梦中走出来一般。"他花费了80个小时，进行了900多次的艺术性微调，并添加了例如"华丽""奢华"等词组用于校正其作品的基调与感觉，《太空歌剧院》得以问世。

当下，最新的AI绘图工具已经被"投喂"以20亿组图片，绘制出的作品也更具细节性与故事性。在人们为这项技术所折服的同时，新的争论早已被点燃：AI绘制的图片，能被称之为艺术吗？

三

要解决这一争论，我们首先要回答最表层的问题：这件作品看着像艺术作品吗？最简单的办法便是进行视觉图灵测试，

AI绘画了，艺术还能"直戳人心"吗

向人类"判别者"们展示通过算法完成的作品，并询问他们是否可以辨别出差异。研究人员将AI作品与人类创作的艺术作品放置在一起，并向人类"判别者"们提问。有些问题是直接的，比如"你认为这幅作品是由机器还是人类艺术家创作的"；也有些问题是间接的，比如"你觉得这幅画对你有启发吗"。结果表明，人类对AI作品与对人类艺术作品的反应差异微乎其微。由此看来，如果将AI绘图是否是艺术作品的标准设置为"看着像"艺术品，并且能对观者授以启发，那结果是肯定的。然而，人类的艺术创作永远都是基于对内在的感受以及外在的社会进行的有意识或无意识的表达，那么当我们追问：人工智能的创作是以表达为目的的吗？起码在当下的科学环境中，尚没有证据可以证明这一观点。

换言之，人类的参与使得AI的绘图作品有可能被称作艺术。随着20世纪60年代开始蓬勃发展的观念艺术进入大众视野，艺术家们开始接受，作品背后的观念可能比最终完成的艺术作品更加重要。1967年，著名的观念艺术家索尔·勒维特说："在观念艺术中，想法或者说概念是作品中最重要的元素。当一个艺术家使用一种概念性的艺术形式时，意味着所有的计划和决策都是事先制订的，执行只是在例行公事。"套用勒维特的概念，"事先制订计划和决策"的部分在60年后由给出图像元素指令的人类完成，而"例行公事执行"的则由拥有先进技术的AI完成。由此，我们审视AI绘图作品完整的生成过程，算法只

是遵循了从现有艺术作品中提取美学概念这一原则，并最终形成图示。在AI绘图创作过程中，人类提出问题，计算机给出答案，两者相辅相成，合作完成最终的结果。所以，AI绘图是否可以称作绘画艺术暂时无法断论，但这一过程应该可以被称作观念艺术作品。

这不禁让人开始畅想，在不远的未来，AI绘图是否可以成为一种新的艺术媒介，辅助人类进行艺术创作？艺术史上，不少大师曾运用各种先进的科学仪器来辅助自己作画：笔触严谨的维米尔运用暗箱帮助自己绘制准确的透视视角，善用光影的卡拉瓦乔在昏暗的地下室安装透镜并将绘画主体反射于画布，波普大师沃霍尔直接利用投影仪在画布上描摹……而这些也都在当时遭受了巨大的非议。其实，艺术创作也是一件非常务实的事情，在不同的时代会有不同的技术与科学渗透其中，这也推动了艺术的发展。

艺术史的发展，也是不断学习与借鉴的过程，后人通过不断学习前人的构图、技法，创造出属于自己的新的创作。AI绘图也是如此，并且在吸纳了无数张图片后，成为一个奇妙的学习工具供艺术家们使用，使得更丰富的表现形式变为可能。艺术创作的终极目的是引发观者的思考、使观者得到精神上的慰藉，实现直戳人心的力量。人类通过艺术作品所感受到的情感触动永远是特殊而珍贵的，当AI绘图作品通过人类的视网膜进入其精神世界，是否能产生"直戳人心"的感动？

综艺尽头，是等待真正的"大咖"

周倩雯　何渊吟

不愿意深耕节目质量，盲目追求短期效益，一味跟风，以不加拣选的方式将流量明星和熟面孔艺人"扒拉到篮子里就是菜"；某些频繁接综艺通告的明星演员，对于上综艺节目抱持着随意打发的态度，正如《新游记》某艺人直言："刚好有档期，过来玩一下。"可以随意"玩一下"，当然也可以随意退出……眼下的综艺节目中此类问题屡屡出现，某些节目口碑更是急剧下滑，甚至出现了"综艺尽头是被骂？"这样的观众质问。

综艺——综合多种艺术成分，歌舞、声乐、戏剧、影视与文学，各展所长；视觉与听觉，感官同享；娱乐性和知识性，共冶一炉。世界综艺领域享誉全球的经典佳作不胜枚举。而"综艺大咖"中的"咖"，本意也不是由资本钦定的大牌或顶流，而是具备专业才能的演员阵容。

能够玩转综艺的实力"大咖"必然拥有全方位的艺术人文素养，不仅擅长台前的主持、表演，还能把控节目风格和制作要素。凭借一己之力成就个人综艺品牌的"大咖",均具有独特的人格魅力和人生阅历,能够召集到气味相投的合作嘉宾和专业的制作团队,将综艺品牌长久地经营下去。且由于深谙综艺之"综"字诀,他们也能够触类旁通,大胆开创、融合全新的文化艺术主题或社会议题,无惧转型压力。已故美国美食旅行主持人安东尼·波登遍访世界各地,以各地美食为切入点,在各式各样的餐馆、饭桌和人们交谈,以最自然风趣的言谈对各地的人文历史娓娓道来,成就了名噪一时的节目《未知之旅》,至今仍让粉丝怀念。英国汽车综艺主持人杰瑞米·克拉克森近两年转型农场真人秀,拍摄了《克拉克森的农场》,随着该真人秀节目成功续订亚马逊,他更坐实了跨界全能型"综艺大咖"的名声。

于是问题来了,国产综艺投资方在忽视节目原创力量的前提下,自然也就曲解了"综艺大咖"的定位。既然可以独当一面的实力"大咖"难以寻觅(也有可能难以驾驭),不如七拼八凑,招募"一揽子"明星进行组团。综艺界金牌导演严敏在其早期开创的《极限挑战》中,确实探索出了这一制胜之法。第一季至第四季的固定成员孙红雷、黄磊、黄渤、王迅、罗志祥、张艺兴形成了较为稳固且优秀的嘉宾团队。孙红雷、黄磊、黄渤这样的明星在他们的演员本行均有突出的成绩,他们的表演功底及个人魅力支撑起了这档真人秀节目的观众缘,但毕竟不能让专业演员把参加综艺节目当成主业来经营,因此这样的模式很难长久维系下去。而严敏导演的最新综艺《新游记》中,明显能看出明星嘉宾们的意兴阑珊和诚意不足，导演亲自上阵出镜，忙前忙后解释规则、鼓舞士气，让人颇感力不从心之态，队伍越来越不好带了，节目也自然越来越不好看了。导演纵然拿着韩国进口的综艺版权以及附带的游戏规则，倚靠着这群时不时上演"半路落跑"的明星，似乎连艺术作品基本的要求——完整性都难以做到，更不用提往后的发展了。

再优秀的艺人也禁不起在数量繁多的综艺节目中"赶场式"表演。这可不是吃流水席般一抹嘴一抬腿，即兴表演外加户外体能比拼，还需考验艺人的知识储备和人生阅历是否能支撑起频繁的跨界穿梭。宋丹丹成为综艺界的大忙人，始终重复着"大家长"式的人设，也终究遭到观众的吐槽。组团出征的德云社相声演员，在团综《德云斗笑社》中的表现，不仅无助于他们解决原有的创作力匮乏问题，反而暴露了作为舞台演员的他们并不适应纪实镜头前的表演。

为了照顾明星们的体力和脑力，综艺制片方的一个折中之法是组建"明星观察室"。乍看之下似乎有一定道理：明星的人气会成为节目的"自来水"，粉丝会自发为节目转发评论；明星作为大众关注的对象，其人生故事和对生活的看法、价值观等都对观众有不小的吸引力。他们作为观察嘉宾，也能成为观众的代言人，提供某种沉浸式体验。但问题在于，有些年轻的流量明星空有颜值，在知识体系、人生阅历各方面均存在不足，他们对综艺节目未加研究、缺乏持续深入耕耘的兴趣和意愿，因此反倒成了节目的"鸡肋担当"。例如国内的一些恋爱综艺邀请的明星艺人、观察嘉宾中已婚或者有恋爱经验的占很少一部分，并且受制于身份，他们既无法分享恋爱故事，也不能从个人阅历出发提供有洞见的想法，只能夸张地做出并不贴切的反应。至于职场综艺、人文旅游综艺中的一些年轻明星嘉宾，他们表现出的生活常识、人文历史认知的匮乏程度，实在令人尴尬。所幸，一些综艺节目已经意识到问题所在，例如《初入职场的我们》对明星在节目中的定位做了改变，其中的"法医季"取消了观察室，让明星回归演员本职工作，将明星与案件、职场结合起来，明星成了辅助素人嘉宾考核的非玩家角色（NPC）。然而，有些明星暴露出来的低文化水平依然给观众造成了不佳的观感——或许我们应该思考观众究竟需不需要那些装傻充愣、聊胜于无的"明星观察"。

其实，当我们呼唤真正的"综艺大咖"时，是呼唤综艺界能够涌现一批演出、制作双肩挑，对自制节目有品牌维护责任的灵魂人物。横向比较世界电视节目制片领域，我国综艺界目前原创力尚有很大提升空间。艺人赶场、节目可持续性差这些问题其实都是不应该出现的。此外指望国外综艺版权"买买买"、坐等粉丝追捧流量明星迅速变现，或者后期剪辑巧妙操控"热搜"话题，均为饮鸩止渴之举。简而言之，不如多花些心思扶持专业综艺人，钻研内容与"咖"的相关度，才能从根本上改变国产综艺节目的产品格局和娱乐格调。

在轻盈时,喜剧也应带着地心引力

曾于里

喜剧竞演综艺《一年一度喜剧大赛》(以下简称《喜剧大赛》),刚刚圆满落下帷幕。它是豆瓣2021年度评分最高的国产综艺,除了让观众欣赏了许多出色的喜剧表演、认识了不少优秀的喜剧人,也在不断拓宽和加深观众对喜剧的理解。

此前观众更为熟悉的喜剧形式,是晚会舞台上常看到的小品、相声。而《喜剧大赛》主打的喜剧形式是素描喜剧、漫才、默剧、物件剧、音乐剧等;节目中的表演不追求"三一律",不追求主题拔高,只要能够博得观众一笑,就可以赢得高分。因此,在初看节目头几期时,观众对《喜剧大赛》的最大感触是,它特别"新",打破了人们以往对喜剧种种教条、刻板的认知,充分解放了喜剧的形式与内容。

比如,《大巴车上的奇怪邻座》《三狗直播间》《水煮"三结义"》《先生请出山》等作品,很难说它们有什么具体的指向和意义,甚至在一些人看来这些节目有点"胡来"。不过,它们偏偏在"胡来"当中形成了自洽的气场,将观众裹挟其中,让观众在短暂的几分钟内忘却烦恼,发出响亮的笑声。而这正应和了节目组所喊出的"没心没肺,快乐加倍"口号。

节目播至中后段时,更具体地说,是到赛程的"场景赛"和"行业赛"时,一些观众可能渐渐察觉到节目在"偏航"。因为一些作品——无论什么类型、什么风格,都要加入点"没心没肺"的内容。"没心没肺"难免给人一个误解,以为洒狗血是容易的事情,但其实喜剧最难的就是分寸,没心没肺也得有分寸。过火了,就成了自嗨;太生硬,就像故意给人挠痒痒。而这一阶段的不少表演,带有明显的"多了胡来,少了分寸"的倾向。为此,节目主持人马东有所自省与担忧:"我们常说形式大于内容,我觉得,这个倾向不应该被鼓励。"

《喜剧大赛》进行到中后段时,有些作品一度显得"短视频喜剧化",更看重直给的、碎片化的、反射弧极短的刺激,而忽略了作品的完整性、深度与思考,一刷而过,没心没肺。喜剧看起来是更容易了,但也变得有点"癫狂",因为刺激观众生理性发笑的阈值越来越高,喜剧人只能玩得更疯才能博得观众一笑。

节目中笔者印象最深刻的作品,大多数从形式到内容都很新。比如,《笑吧,皮奥莱维奇!》带有鲜明的文学性,讲述了一个发生在"二战"时期的故事;《时间都去哪了》直戳互联网时代年轻人的痛点,形象地揭示了微信、微博、抖音如何吞

在轻盈时，喜剧也应带着地心引力

噬我们的时间；《台下十年功》有"穿越元素"，有至少三个时空……它们不仅好笑，也符合我们对于喜剧的很多传统认知，诸如"喜剧是一面镜子""喜剧是照见生活缝隙的一道光""喜剧是转型时代人们内心矛盾的一种反映"等。

获得最受行业瞩目奖的《笑吧，皮奥莱维奇!》，固然有《喜剧的忧伤》与《笑之大学》的影子，但它能够在一个短短的喜剧表演里，传达出笑声的危险、笑声的勇气、笑声的力量，以及笑声与暴力的对抗，让观众感受到笑声的可贵。

节目中诞生的几组搭档，"不但让观众感受到，喜剧创作是搭档间有来有回的逗捧艺术，更是以无间合作孕育默契，用各具风格真诚创作诠释CP所应有的使命"。获得年度喜剧搭档冠军的蒋龙、张弛创作的很多故事，都是围绕小人物的热爱所展开的。小人物对某种艺术形式有着赤诚的热爱与执着的坚持，却遭受来自现实的种种敌意和碾压。难得的是，他们的热爱依然非常柔软与忠诚，甚至饱含诗意。他们的故事仿佛一遍遍在上演周星驰的《喜剧之王》，热爱与践踏、理想的月光与现实的污泥，反差越是强烈，那份热爱就越动人。王皓和史策，在节目中构建了一个"皓史成双"宇宙，颇为神奇地传达出爱情这一感情的复杂层级，以及它所有的细微、动人之处。

记得于和伟在节目第一期评论一个节目时说过："洒狗血很过瘾，但是我觉得，可能最后你会发现，走到那个正规的戏剧逻辑当中，你们的能力可能会完成得更漂亮。"把整季节目看完，或许，观众能更好地理解于和伟的这句话，对喜剧的理解也会更深刻。"洒狗血"的喜剧，未必是不好的喜剧。可如果喜剧节目不约而同沾染上"洒狗血"的气质，对喜剧来说并不是一件好事。人们对喜剧的那些传统认知，是几十年喜剧理论发展的结果，是无数经验的总结，我们该警惕它们走向刻板与教条，但不意味着必须走到它们的反面，才能体现出喜剧的"新"与特立独行。高明的喜剧，讲述的往往是关于平凡好人的故事。"更好的喜剧"喜欢关注平凡的好人在现实中的碰壁，他们的坚持、热爱、尊严、苦难、孤独、不屈，在传递笑声的同时，也给普通人带去体恤、温暖与祝福。

　　喜剧创作要避免落入刻意拔高、主题先行的泥淖。有个说法可谓贴切生动："有些参赛作品恰恰是这方面不够明智，负荷着自找的大题目，最后压塌自身。而我们观众看到的只是大象在碗橱里跳舞，最后一地稀碎。"但这并不意味着，喜剧就要排斥沉重的思考。观众希望看到的是，喜剧在轻盈的同时，也始终带着地心引力，有着从现实土壤中提炼出的残酷或诗意。

经典重拍可增可减，得当与否决定观众认可度的高低

赵 琦

虎年首部进口大片《尼罗河上的惨案》（以下简称《尼罗河》），是阿加莎·克里斯蒂同名小说第三次被翻拍成影视剧。想在基本忠于原著的基础上重拍经典，可操作的改动只能是局部的小加小减。而加减得当与否，决定了重拍能否被观众认可。公允地说，新版《尼罗河》并不差，只是在什么该加、什么该减上做得不太到位，于是招来诸多诟病。

1978年，小说《尼罗河》首次被搬上大银幕，演员阵容十分强大。这部译制片成为几代中国人心中的经典。2004年，英国独立电视台（ITV）拍摄了系列电视剧《大侦探波洛》第九季第三集《尼罗河》。和前两个版本的《尼罗河》对比，新版延续了九位主要配角和四大主角（大侦探波洛、三角恋两女一男）的配置，角色数量不变，但内部进行了诸多加减。

先来看九位主要配角。首先，白人作家母女替换为黑人女

歌手姑侄女，虽同属于文艺界人士，但灵魂歌手姑姑没有了女作家令人讨厌的性格和做派，不仅德艺双馨，甚至和大侦探波洛还有感情戏；可是这个角色得承担看到凶手然后被杀的功能啊，于是，自然有别人替她遭了殃。其次，必须有的护士角色被安排在一对伪装成贵妇和女仆的情侣身上。

最后一项加减，是将1978版的偷窃癖贵妇、2004版的恋母癖儿子，组合改编为画家的儿子这个角色，且角色的重要性大幅度提高，他不仅是必须有的那个偷项链的人，还取代了前两部空降的局外人调查助理，身兼调查助理、犯罪嫌疑人、被害人三项功能。这个角色的设置我认为是成功的，不仅在原有剧情的基础上增加了一层几乎把波洛逼疯的悬疑，而且更好地交代了波洛为什么出现在这趟旅途中——他不是来度假的，而是受画家母亲所托来调查儿子意中人的底细。

配角的加减似乎并不能构成新版被诟病的理由，甚至由于改编了偷项链者角色的功能，让谋杀案情变得更加扑朔迷离，悬疑性相对老版有过之无不及——这不正是观众想看的剪不断理还乱吗？那么，继续看看四大主角身上有无失当的加减项。

先来对比考察一下三个版本《尼罗河》的开头、结尾，大约能有点眉目。1978版的开头是富豪女主的车驶过小镇，引来各路劳动者的驻足观看，工人间的对白流露出仇富心态，结尾时波洛则引用了一句莫里哀的名言"女人的最大心愿是叫人爱她"；相应地，剧情紧扣金钱与情爱而展开。2004版的开头、结

经典重拍可增可减，得当与否决定观众认可度的高低

尾，则以小屋中谋杀策划人女主和花瓶男主的你侬我侬为前后呼应，渲染了情爱在这桩谋杀案中扮演的关键角色。

新版的开头让人深感意外，描写了"一战"的一场战役，为的是交代波洛成为侦探的背景，顺便也交代了他一直单身的原因，要说前者和剧情还有点关系，那前女友和谋杀案又有什么关系呢？影片顺着这样的思路进展下去，果然波洛在新版中从一个旁观解谜者变成了同样深陷案情中的人，不仅情感丰富，情绪变化也很多样——精明理性的波洛，被塑造成一个对爱人浪漫痴心、对朋友情深义重的大侦探。影片结尾也不出所料，安排了波洛破碎的心由于女歌手的出现而"复苏"。可是，这和谋杀案又有什么关系呢？过度强化波洛的主角地位是画蛇添足。波洛最吸引人的不是他的情史，不是他也有情绪、情感，而是他破案时那魔高一尺、道高一丈的智慧，别人有血有肉也许能增添观众对他的些许好感，波洛情感一泛滥反而让他没那么有魅力了。如果想看情感泛滥，为何不上泰坦尼克号而要上卡纳克号呢？对于推理片而言，侦探这个角色可以深度参与到剧情中，但本质上依然是旁观者设定，观众也是跟随侦探的视角去进入故事的，想要获得的是抽丝剥茧找到真相的乐趣。横生枝节的"波洛小传"，实在乏善可陈，还削弱了观众观看推理片的乐趣。所以，主创在波洛身上做的加法是一大败笔。

和波洛身上的"加"形成对比的是被害人富豪女主身上的"减"。《尼罗河》最吸引人的看点有三：埃及风光的独特神秘、

谋杀案情的扑朔迷离、人物设定的精彩深刻。对于今天的观众来说，随着出境游的普及和"看图替代在场"新心理满足机制的出现，埃及风光已经没有1978年时显得那么神秘了；推理类剧情通过电影、话剧、小说甚至剧本杀等载体深入人心，《尼罗河》的谋杀案情也不似当年上海电影译制厂首次引进阿加莎电影时，会让人觉得那么扑朔迷离了；只有人物设定这一项依然有可能保持和原来一样的精彩深刻，而三角恋主角的人物设定是《尼罗河》最出彩的部分。

想当年，广大读者大约没能料到横刀夺爱可以发生在女人之间，男人可以是花瓶，女人可以操控全局。《尼罗河》中的两位女主角杰奎琳和林内特都是很精彩的人物。三个版本的杰奎琳基本没有太大的变化，她的有谋有勇、敢作敢为以及在爱情面前的歇斯底里，都被三位不同时期的演员诠释得入木三分。然而，较前两版，新版林内特则"弱"了很多，精明能干被弱化了，相对被强化的是美丽、脆弱，甚至包容等所谓女性特质，大女主的气场不再。林内特并不是一个弱者，而是和杰奎琳不分上下的刚烈女子，这样的强强交手才是故事的张力所在。减掉的性格特征，让林内特这个人物也不那么有魅力了，和加了内容的波洛如出一辙。

推理片提供一种刚需般的舒爽，这种舒爽在日常生活中很难经常做到：把一团乱麻梳理得一清二楚。果然，看完新版《尼罗河》，虽然人物刻画有些不合我意，舒爽之感还是很强烈的。阿加莎还是阿加莎，永远不会让人失望而归。

娱乐圈呼唤文化人，是娱乐至死的反噬

从 易

一段时间以来，越来越多文化人跨界参与各类娱乐节目，引起了广泛关注，也获得了正向的评价。

这里的文化人，是坊间用来称呼那些具有广博学识、了解艺术，并从事文艺创作和研究的人，他们可能是作家、学者或高校教授。在普遍认知中，文化人与娱乐圈的关联主要是从事幕后工作。而今文化人的跨界，指涉的是他们走到台前来，与各路明星一起参加节目；并且，他们不仅仅出现在专业性很强的文化类综艺节目中，也出现在那些大流量、大IP的娱乐综艺节目中。

例如，作家刘震云曾参与编剧多部电影，而今他是综艺节目的常客，在《开拍吧》担任导师后，又到《脱口秀大会5》中担任领笑员；作家许知远制作的访谈类节目《十三邀》成为口碑之作，连续推出了好几季，他担任飞行嘉宾上《吐槽大会》《向往的生活》都成为节目的一个关注点；华东师范大学教授刘

擎参与《奇葩说》的录制，亦圈粉无数……

　　文化人与娱乐圈，似乎是八竿子打不着，而今文化人跨界娱乐圈却产生奇妙的化学反应，更耐人寻味的是，观众对文化人跨界娱乐节目表现出兴趣与看好，上涨的节目口碑与直线上升的关注度都直观反映出这一点。

　　那么，文化人怎么就成了内娱的"香饽饽"？产生这一现象的深层原因是什么？一言以蔽之，观众之所以希望内娱多些文化人参与，是因为观众苦内娱"没文化"久矣。

　　简单来讲，内娱的"没文化"主要表现为两个层面。

　　其一，不少新崛起的流量明星"没文化"，节目内外各种没文化的表现令人咋舌。不少流量明星写错字、读错音、表错意等行为，屡屡让网友们惊掉下巴——知道有些明星文化程度不高，但不知道他们没文化到这种程度："到此一游"的"游"不会写，"祝福"的偏旁写错了，"剪头发"写成"减头发"……无论身在什么节目，他们的表现都像是"木头美人"。正如评论指出的，"长期以来，缺乏政治、历史、文化乃至社会生活常识的'无知'现象在许多艺人中是普遍存在的现实，网友讽刺地称之为'九漏鱼'（九年义务教育漏网之鱼）。然而，就是这样的'九漏鱼'艺人，他们的'无知'被资本、粉圈等娱乐圈生态所纵容，甚至许多公众对艺人的文化知识水平和道德素养的容忍底线也是一再降低并习以为常……娱乐圈'九漏鱼'为何这么多？根源在于资本操控下的偶像快速养成模式"。

其二，不少节目"没文化"（有时它们还打着文化的旗号），娱乐至上甚至娱乐至死，其表现出的轻薄、媚俗、粗鄙等特征，令观众讶异、担忧。

譬如有的综艺节目为了博眼球，"剧本"先行，刻意制造矛盾冲突，通过加剧群体之间的对立与撕裂来赚取热度，节目效果"鸡飞狗跳"，热闹是有了，却风骨全无、斯文扫地。有的节目虽定位为"严肃文化类节目"，却因为从制作团队到参与明星的集体"没文化"，对传统文化无知误读，反而事与愿违。最近某档号称宣传中华传统文化的综艺节目中有《红楼梦》的相关片段，对红楼人物进行了面目全非的解读，林黛玉成了"最没用的人"，妙玉搞起了"雌竞"，李纨成了"妇德典范"，北静王、柳湘莲、贾兰、蒋玉菡、秦钟等在一旁用"凝视"的目光对女性各种评头论足……

总之，内娱的"没文化"是娱乐至上、流量至上的后果。为了娱乐效果、为了获取流量，可以没文化、失担当，这就导致"没文化"的流量明星风头无两，"没文化"的节目接二连三……进而形成内娱"没文化"的恶性循环。

好在，这个恶性循环已经在被打破。人们已普遍察觉到娱乐至上、流量至上的娱乐生态的严重副作用。"没文化"影响的不仅仅是娱乐圈，也影响着观众的文娱生活，进而影响着社会文化生态。

文化人在娱乐节目总越来越受欢迎，被人们解读为"娱乐至死的反噬"。当越来越多的文化人参与娱乐节目，当文化人得以经由大众化的平台输出更多有价值、有思考、有厚度的观点，多少也能提升节目的文化含量，亦可起到"拨乱反正"的作用。在文化人的衬托下，那些脑袋空空的流量明星"相形见绌"，观众可以直观感受到何为"腹有诗书气自华"，明白内涵之美比皮囊之美更经久耐看。同时，有了文化人的坐镇和把关，一些节目也不至于在文化常识等层面上出现纰漏，确保了节目的文化品格。

不过，要从根本上纠偏娱乐至上的内娱风气，显然不能只依靠文化人的"天降奇兵"，更应该从根本上提高内娱从业者的文化素养。近年来，教育部几次发布相关通知，明确提出要逐步提高艺考生的文化课成绩。一方面，要提高年轻艺人的文化素养，另一方面也要提升平台、电视台、各大节目制作组的社会责任感和文化担当。诚然，娱乐是节目的重要属性，也是重要的市场规律，但平台、电视台、制作组要杜绝娱乐至上，要沉得住气、守得住底线，寓教于乐、以文化人，实现文娱作品经济效益与社会效益的统一和双赢。

用时代眼光，发现传统文化更多打开方式

赵 畅

近日，有报道说在央视春晚舞台上大放异彩、一鸣惊人的舞蹈诗剧《只此青绿》，将推出数字藏品纪念票及系列创新形式的数字藏品，以创新技术弘扬民族文化，为观众构建更多通往民族文化IP的桥梁。这是演出行业的首个数字藏品纪念票。

一

《只此青绿》通过展卷、问篆、唱丝、寻石、习笔、淬墨、入画七个篇章，以一位故宫青年研究员"穿越"到北宋为线索，借展卷人的视角生动呈现了画家王希孟创作《千里江山图》的故事，让观众徜徉在富有传奇色彩的中国传统美学的意趣之中。该作品高度艺术性的呈现，让传统文化焕发出时代生命力。

《只此青绿》是中华优秀传统文化创造性转化、创新性发展

的一次实践，它的一鸣惊人，归根结底，是与深厚的传统文化作支撑分不开的。没有传统文化提供强大的依托力量，再好的表演方式和创新手段，或许就只是无源之水、无本之木。其一鸣惊人背后的逻辑，也给予我们这样的思考和启示：传统文化，尤其是优秀的传统文化，并非自带衰老基因的文化，只要找到合适的表现形式、传播载体和传播渠道，它完全可以通过与创新结合、以艺术赋能找到自己的位置，进而在多元表达、多元生存中演绎出新的生命芳华。

对优秀传统文化而言，我们为什么要强调艺术创新表达与多元生存的可能性和必要性？理由至少有三：

一是中国传统文化积淀深厚，历经了几千年的文明演进。中华文化有着自己瑰丽丰富的故事，故事里藏着老百姓的日常，也藏着时代的变迁和思想的演进；故事里蕴含着这片土地上的文化习俗，也蕴含着历史的文脉和民族的精神，它们需要被发现和被知晓。而通过创新方式、艺术手段进行多元表达，应是一种无可替代的选择路径。

二是寻找和强化自身的文化身份和文化认同感，不断增强文化自信，也需要借助艺术的创新与多元表达。如果说，传统文化不仅生动述说着过去，也深刻影响着当下和未来的话，那么，借多元表达的艺术载体对优秀传统文化进行生动诠释，自能激发现代观众内心对民族历史、传统文化的敬畏与珍视。

三是对艺术本身而言，也只有重视并渗透、浸润到传统文化中，换言之，也只有融入对传统文化的多元表达中，才能捕捉到鲜活的灵感、汲取新鲜的力量，进而在守正创新、铸魂壮骨中焕发勃勃生机。

而今，日新月异的数字技术发展，为中华优秀传统文化的传播、转化、创新开辟了新的空间和路径，让传统文化焕发出新的活力。毋庸置疑，传统文化的多元表达、多元生存，不仅完全可能，并且迫切而必要。只是，让传统文化实现真正意义上的多元表达和多元生存，关键要在涵养传统文化素养、培养年轻观众和提升艺术质量上下足功夫。

二

中国传统文化源远流长、博大精深，无论进行何种形式的艺术表达，前提必须是全面、辩证、深刻地把握中国传统文化的精髓。须知，正是因为历史文化积淀的厚度与思想挖掘的深度，才为传统文化的多元表达和多元生存奠定了坚实的基础。

值得一提的是，并不是每一种文化传统背后都有着宏大叙事，有些背后的故事或许很平常很普通，却承载着老百姓的文化乡愁。因此，大到国家利益、民族选择，小到家长里短、油盐酱醋，对于历史文化过往的点点滴滴，我们不仅应该保护好、传承好，而且应该正确理解好、精准表达好。这意味着，我们既要关注传统与现代的连接，也要构建艺术与生活的关联。因为中国传统文化的魅力，不仅建立在美和诗意之上，而且也建立在对世界、社会与人的关系处理上。从这个层面而言，任何借艺术表达的名义，对传统文化进行所谓的"戏说"乃至"曲解"，都是不负责任的。

比如戏曲。不管怎么创新、如何改进表达形式，戏曲始终要具备属于自己的独特艺术审美方式，诸如舞台、服饰、化装、唱念、做打等。传统的戏曲作品中还蕴含着丰富的传统价值观，这些基本的架构就如压舱石般轻易不会更改。这是它们各自的基因密码、识别代码、核心筹码。因此，真正的创新，是在坚持传统文化内核的前提下，引入更有吸引力的叙事策略，引发国人尤其是年轻人强烈的情感共鸣。

毫无疑问，加强对传统文化的多元表达，提升多元生存的质量，是对创新、匠心提出了更新、更高的要求。在日新月异的今天，传统文化需要不断寻找新的呈现形式、表达方式，收获更丰富的时代价值。我们要在尊重历史、尊重文化的基础上，围绕传统文化的主题尤其是其中蕴含的传统价值观，匠心独运地进行符合现代文明的扬弃和阐释，使其成为现代文明的有机组成部分。总之，要搭建好"历史与当下、古人与今人、传承与发展、高雅与通俗、古籍与艺术、抽象与具体、理性与感性沟通的桥梁"，实现雅俗共赏、老少皆宜的效果和目的。

　　优秀传统文化是一个取之不尽、用之不竭的宝库，而且在人类发展进程中，文化的传承和涤荡始终交替进行，不断推动人类文明的凝聚与提升。是的，优秀传统文化的魅力从来都在，只是我们需要用时代的眼光，发现更多的打开方式。